우리 가족과
코로나19

우리 가족과 코로나19

초판 1쇄 발행 2021년 6월 21일

지 은 이 이승직, 박희순, 류동원
발 행 인 권선복
편   집 권보송
디 자 인 최새롬
전 자 책 오지영
발 행 처 도서출판 행복에너지
출판등록 제315-2011-000035호
주   소 (157-010) 서울특별시 강서구 화곡로 232
전   화 0505-613-6133
팩   스 0303-0799-1560
홈페이지 www.happybook.or.kr
이 메 일 ksbdata@daum.net

값 17,000원
ISBN 979-11-5602-894-9 03810

Copyright ⓒ 이승직, 박희순, 류동원, 2021

생생한 30일간의 코로나19 가족 치료수기

우리 가족과
코로나19

이승직, 박희순, 류동원 지음

도서
출판 행복에너지

가족의 힘

"행복한 가정은 살아가는 모습이 비슷하지만 불행한 가정은 제각기 다른 이유로 괴로워하는 법이다."

톨스토이는 『안나 카레니나』의 시작부분에서 각 가정이 살며 마주하는 어려움을 헤쳐 나가는 모습을 이렇게 요약하였다. 점차 인생의 연륜이 증가할수록 나도 그의 생각에 동의하게 된다.

신축년 연초 어느 날 이승직 교수가 연말에 있은 일을 기록한 글을 보내왔다. 그렇지 않아도 연말에 소식이 뜸하여 궁금하던 차였었는데, 보내온 글을 읽어보니 실로 놀라웠다. 이 교수와 연로하신 모친이 코로나19에 감염되어 입원하였고, 그 암울한 터널을 뚫고 생환한 후에 기록한 투병기였다. 코로나19 투병기는 책으로, 방송으로 발표된 게 제법 있다. 그러나, 이 글은 코로나19와 투병한 한 가족의 사랑에 관한 이야기였다. 나는 이 교수를 아버님이 진행된 암으로 진단되자 극진하게 모셨고, 이별 여행을 포함하여 부자가 같이한 그 1년의 과정을 담아낸 『아! 아버지』라는 감동적인 글집을 통하여 알게 되었다. 그곳에서 아버님을 떠나보내며 힘들어하는 이 교수의 인간적인 슬픔과 아쉬움도 느꼈으나, 가족 간의 우애와 비슷한 시대를 사는 세대로서 차마 범접하기도 어려운 극진한 효심에 이미 감동했었다.

2019년 중국 우한에서 시작된 코로나19는 모든 나라로 확산되어 일순간에 온 세상을 마비시켰다. 우리나라에서도 2020년 봄 대구에서의 코로나19 대유행에 이은 수도권 중심의 8월의 2차 유행과 12월부터 시작된 3차 유행은 우리 일상을 바꾸었고, 시민들의 자유와 기쁨을 빼앗았다. 2021년 3월 중순까지 전 세계에 1억 2천만의 환자와 260만 명의 사망자가 발생했고, 우리나라에도 10만에 가까운 확진자가 발생했다. 2021년 3월 들며 선진국을 중심으로 백신 예방접종이 시작되면서 증가세가 다소 둔화되었으나, 아직도 인류는 코로나19 감염에 효율적으로 대응하지 못하고 있다. 이미 세계적인 대유행으로 엄청난 사망자를 양산하여 1차 세계대전을 종식시켰다던 스페인 독감의 피해를 능가하고 있다.

작년 한 해 의료 현장에서 코로나19를 경험한 나는, 한적한 동네인 제천에 살고 있던 이 교수네 가족 분들은 이런 소나기에서 자유로울 것으로 생각했다. 그러나 성별과 나이, 인종, 국경을 가리지 않는다는 무자비한 바이러스는 착한 이 가족에게도 자비를 베풀지 않았다. 전 가족이 온몸으로 장대비를 다 맞은 것 같다. 이 교수가 직장에서 먼저 감염되었고, 모시던 어머니에게 전파되어 며칠의 시차를 두고 각각 다른 코로나 전담병원에 입원하였다. 이 교수도 심한 증상을 겪으면서 생명을 잃을 것 같은 공포감이 엄습했다고 했으나, 폐렴 증상으로 대학병원에서 집중 치료를 받으셨으나 가족들의 걱정을 덜어주고저 별 말씀도 없으셨던 연로하신 모친의 투병이 상상되었다. 정말 코끝이 징해지는 사연들이었다.

이 교수 모자는 혼신의 힘을 다하여 무시무시한 악당을 물리치셨다. 전신을 엄습하는 고통과 발열감, 그리고 폐렴에 의한 호흡곤란 증상까지의 중증 증상을 겪으면서도 차분하게 대처하고 서로를 격려해가며 그 어려움을 극복한 기록은 실로 놀랍다. 호흡기로 전파되는 바이러스 전염병 환자는 외부와 차단된 음압격리병실에 입원한다. 가끔 만날 수 있는 의료진도 달에 착륙한 우주비행사 모습의 레벨D 방역복으로 나타나니 입원 생활은 완전히 우주에 홀로 던져진 미아가 된 기분이 들었을 것이다. 내가 경험했던 환자분들도 외로움과 답답함으로 생명을 잃을 것 같은 공포를 호소하셨다. 코로나 바이러스 검사에서 음성으로 판정된 나머지 가족들도 2주 동안 자가격리 조치가 되었으니, 모자는 병원에 격리되어 더 힘들어할 것 같은 어머니와 아들을 위해 각자가 스스로 건강하다는 코스프레를 하는 것처럼 느껴졌다. 발열과 통증으로 식욕이 떨어지고 음식 맛도 느끼지 못하는 상태에서도 식사를 다한 뒤 깨끗하게 비워진 그릇을 사진을 찍어 서로에게 보내주기 위해 노력하는 모습은 눈물겹기까지 하다. "아비야. 나 밥 다 먹었다" "어머니, 정말 잘하셨어요. 저도 깨끗이 비웠어요." 힘들지만 서로에게 엔도르핀 분비를 자극하기 위한 격려를 남발한 덕분에 모두 코로나19에게 이길 수 있었다. 위대한 사랑이다.

내가 대구의 코로나19 대유행을 지나면서 배운 교훈이 있다. 재난 상황에서는 아무리 어려운 난관도 스스로 돌파해나갈 수 있다는 굳은 자신감에 더하여, 가족과 이웃의 따뜻한 사랑만이 최고의 치료약이었다. 위중한 부모님께 정신줄을 절대 놓지 말라며 "엄마, 잘하고 있어. 아빠가 세상에서 제일 소중한 분이야!"라는 문자와 손녀가 보낸 '젖먹이 시절 자기를 보듬어 주던 인자한 할머니의 사진'에 눈을 뜨던 할머니는 기적적으로 회복하여 결국은 웃으면서 퇴원하셨다. 제천의 어느 가족의 이야기로 그때 그 모습을 또다시, 보다 더 상세하게 확인하였다.

이 교수와 수필가로 등단한 연로한 어머님, 그리고 모자를 병원에 보내고 노심초사하며 가슴을 쓸어내렸을 며느님. 세 분의 각자의 눈으로 쓴 이 기록은 대한민국 코로나19의 비망록으로도 훌륭한 가치를 지닐 것이다.

이 교수 가족의 코로나19에 대한 인간승리의 기록에는 묵직한 울림이 있다. 이 험한 세상에서 어떻게 살면 모두가 행복해지는지 가르쳐 주고 있다.

그렇다. 행복한 가정은 서로 진하게 사랑하며 어려움을 같이 헤치면서 살아가는 것이다.

이 교수 가족의 이 행복이 영원하게 지속될 수 있기를 살며시 기원해본다.

이재태(경북대 의대 교수, 코로나19 생활치료센터장 역임)

2020년, 신종 바이러스성 전염병인 COVID-19(코로나19)가 전 세계를 강타하고 2021년에도 계속되고 있다. 2021년 1월 31일 현재 전 세계 확진자가 1억 3백만 명이고 사망자가 223만 명에 이른다. 한국에서도 크리스마스인 지난 12월 25일 1,241명, 26일 1,132명이 신규 확진자라고 발표한 후 계속 매일 1,000명 대를 기록하다 1월을 지나면서 간신히 하루 신규 확진자가 400~500명 대인 수준을 유지하고 있다. 1월 31일 한국의 코로나19 누적 확진자도 780,000명이 넘었고, 코로나19에 의한 사망자는 1,420명에 이른다.

한국을 포함한 전 세계의 코로나19 기세가 정말 무섭다. 이렇게 코로나19는 발견된 지 1년이 지난 지금도 전 세계 사람들을 공포에 몰아넣고 있다. 한국의 경우 지난 2020년 2월 대구 신천지 신도의 코로나19 확진으로 시작된 1차 유행으로 홍역을 치렀다. 좀 잠잠해지던 코로나19는 8월에 잠시 2차 유행이 되었다가 다시 잠잠해졌고, 11월 말에 다시 3차 유행이 시작되었다. 이번에는 전국 규모의

양상으로 확진 경로도 교회, 요양병원, 요양원, 교정시설, 회사 사무실, 식당, 가족 간 감염 등 다양하다.

특히 제천은 11월 24일 열린 김치모임에 인천의 확진자가 다녀가면서 확산양상을 보이고 있다. 매일 10~15명 정도의 확진자가 증가하다가 2021년 들어서 좀 잠잠해지고 있다. 제천시민도 정말 코로나19의 기세에 걱정이 많았다. 최근의 잠잠한 상황으로 좀 안도하는 느낌이지만 긴장의 끈을 늦추지 않고 있다.

그동안 코로나 청정지역이라 큰소리치던 제천이 일주일 만에 붕괴되고 연일 TV에 제천의 신규 확진자 소식이 들린다. 나도 제천의 코로나 파도를 비켜가지 못했다. 내가 11월 29일 감염자와 접촉으로 코로나19의 확진자가 되었고, 나 때문에 어머니가 다음날인 11월 30일 코로나19 확진자가 되었다. 연로하신 어머니가 가장 걱정되었다. 나와 어머니가 차례로 병원에 입원하고 코로나19와 힘들게 싸우고 있을 때, 아내와 아들은 확진자와의 밀접 접촉자로 분류되어 2주간 자택격리되었다. 이렇게 우리 집안과 코로나19와의 전쟁이 시작되었다.

나는 코로나19 확진자로 결정되면서 며칠 사이에 몸과 마음이 모두 완전히 붕괴되는 과정을 겪었다. 코로나19 증세로 힘든 병원 생활을 하면서 어머니와의 연락은 서로의 상태를 이해하며 격려하는 시간이 되었다. 가족들과의 연락으로 가족들이 어머니와 내가 필요한 물건들을 병원으로 택배 보내주어서 병원생활에 힘이 되기도 했다. 나는 17일간의 병원생활 동안 가족의 소중함을 느끼고 자연과 일상생활의 고마움을 느낄 수 있었다.

누구나 코로나19에 걸리지 않도록 항상 마스크를 쓰고, 개인 방역에 열심히 노력하지만 나도 모르게 '코로나19 확진자'에 이름을 올릴 수 있다. 코로나19로 확진이 된다고 모두가 사망하는 것은 아니고 치료를 잘 받으면 완치가 될 수 있다는 정보도 참 중요하다. 그러나 TV를 비롯한 모든 미디어의 소식은 개인 방역과 사망자 수의 소식에만 열을 올리고 있다. 코로나19 경험자로서 혹시 코로나19에 걸린다고 하더라도 좋은 생각을 가지고 잘 치료를 받으면 완치가 된다는 것을 알리고 싶어서 나의 경험을 정리하게 되었다.

다행히 나는 입원 17일 만에, 고령의 어머니는 입원 21일 만에 코로나19가 완치되어 퇴원하게 되었다. 나도 어머니도 코로나19와의 전쟁에서 고비를 잘 넘겼다. 나는 고열, 기침, 호흡곤란, 근육통, 구토 그리고 식욕 및 미각 감퇴 등을 경험했다. 이런 힘든 과정을 넘기는 것이 참 힘들었다. 어머니는 고열, 구토 그리고 폐렴 등을 경험했다. 또한 변화된 병원 환경으로 숙면을 취하지 못한 것도 매우 힘들었다. 어머니의 상태 악화와 충북대병원 전원 소식은 나를 놀라게 하기도 했다.

코로나19 환자는 다른 사람을 만날 수 없고 격리되어 자유가 없는 생활이 가장 힘들다. 입원하고 있는 병실에서 복도에 나갈 수도 없고, 누구를 만날 수도 없다. 또한 입원한 병실에 오는 사람은 모두 방호복을 입고 있는 의료진과 직원들뿐이다. 그들 또한 환자와의 접촉을 최소한으로 하기 때문에 환자 옆에 오지 않고 일정한 거리를 둔다. 다만 간호사들만 환자의 체온을 재고, 산소포화도, 혈압 등을 재기 위해 환자에게 가장 가까이 오는 분들이다. 그분들이 코로나19에 접촉하는 최일선의 분들이라서 코로나19가 가장 겁나고 무서운 사람들이다. 그런데도 환자들에게 친절하고 상냥하게 대해 주는 그들에게 다시 한 번 감사드린다. 또한 일단 병실에 들어온 모든 물건은 소각 대상이다. 모두 코로나19 확산을 우려하기 때문이다.

힘든 과정을 온 가족이 잘 이겨내고 완치되어 격리해제 된 경험을 독자 여러분들과 함께 공감하고자 하여 책으로 정리했다. 환자인 나와 어머니, 자택격리된 아내가 모두 각자의 위치에서 느낀 점을 정리했다. 정말 코로나19는 겁나는 질병이다. 코로나19에 대한 경각심을 높여 코로나19가 전염되지 않도록 개인도 좀 더 조심하고, 혹시 확진자가 되더라도 저와 가족들의 경험을 생각하시면서 코로나19를 잘 이겨내시길 기대한다.

2021년 1월 31일

코로나19 완치자 이승직

Contents

일상생활　　　　　　　　1

코로나19 검진 및 확진　　　2

입원 그리고 어머니 확진 3

퇴원 그리고 다시 찾은 행복과 평화

4

코로나19 후유증   5

1

일상생활

대학
강의

2020년 11월 26일(목)

　　오늘도 평소와 다름없이 아침을 먹고 오전에 대학교에 강의를 하러 갔다. 매주 목요일마다 학생들과 만나 강의하고 함께하는 일이 참 좋다. 나도 젊은 학생들과 함께하는 것이 참 젊어지는 것 같아서다. 아침을 먹고 출근하는데 평소처럼 어떤 증상도 전혀 느끼지 못했다. 또한 대학의 건물에 입장할 때도 건물 입구의 체온측정기로 체온을 재니 36℃다. 정상이라서 출입자 명단에 전화번호와 이름을 작성하고 강의실로 갔다. 요즘은 제천도 코로나19로 긴장상태가 계속되고 있어서, 항상 마스크를 쓰고 다녀야 우선 코로나19에 대해서 심리적으로 좀 안심이 된다. 요즘은 마스크를 쓰는 것이 일상화되었다.

　　강의 전에 학과장님의 연구실에 가서 인사를 드리고 커피를 한잔

하며 10여 분 정도 대학, 학생 교육 등 각종 현안에 대해서 얘기를 했다. 학과장님은 몇 년 전까지 나와 함께 근무하던 분이라 더욱 친근하다. 강의 시간이 되어 강의실로 가니 학생들이 와 있다. 강의 내내 마스크를 쓰고 강의를 하는 것은 요즘 기본이다. 학생들도 모두 마스크를 쓰고 강의실 내에서도 거리를 두고 앉아서 나의 강의를 들었다. 대학 강의는 언제나 활기차다. 학생들은 미래 한국의 주역들이고 이들의 모습이 항상 아름답다. 강의를 끝내고 바로 집으로 왔다.

어머니는 며칠 전 다리가 아파서 서울의 서울대병원에 가셨다. 병원에서 다리 수술을 하지 말고 잘 치료받으면 생활에 불편함이 많이 줄어들 것이라는 얘기를 듣고 어머니는 기분이 좋으신 모양이다. 어머니께서는 오랜만에 서울 가셨으니 겸사겸사 동생 집, 누나 집 그리고 이모님 댁에서 며칠을 지내셨다.

오늘은 어머니께서 거의 2주간의 서울 생활을 끝내고 서울서 제천으로 돌아오시는 날이다. 동생이 이모님 댁에서 어머니를 모시고 동서울터미널로 가서 나에게 전화한다. "엄마가 12시 반 시외버스로 서울 동서울터미널을 출발할 예정입니다.", "그래, 고생했다. 내가 시간에 맞춰 제천 시외버스터미널로 어머니 모시러 갈게." 버스 탑승시간까지 시간이 많이 남아 있지 않아서 어머니는 도시락으로 버스 안에서 점심을 하셨단다. 오후 2시 반쯤 어머니는 제천에 도착하실 것같다.

점심을 먹고 오후 2시 반쯤 서울서 버스로 도착하는 시간에 맞추어 어머니를 모시러 제천 시외버스터미널로 갔다. 나는 어머니가 버스에서 내리기 힘드실 것이라 예상하고 버스가 정차하는 곳에서 어머니를 기다렸다. 그런데 도착하는 버스가 없다. 이상하다고 생각하고 있는데 어머니의 전화가 왔다. "지금 대합실 의자에 앉아 기다리고 있다."고 하신다. 어머니를 태운 버스는 예상시각보다 빨리 도착했다. 대합실로 가니 어머니가 대합실 의자에 앉아서 나를 기다리고 계신다. 어머니의 표정은 참 밝아 보인다. 식사는 버스 내에서 도시락을 드셨다고 하시는데 움직이는 버스 안에서도 식사하는데 괜찮다고 하신다.

그동안 어머니는 다리가 아파서 잠도 잘 주무시지 못할 정도셨다. 밤에 침대 위에서 돌아눕기도 힘들어서 그동안 많이 고생하셨다. 전국의 유명한 병원 및 한방병원 등을 다니시며 치료를 받으셨지만 큰 효과를 보지 못하셨다. 다행히 내가 잘 알고 있는 지인이 한의원 원장님이셔서 상담을 했더니 어머니를 함 모시고 오라고 해서, 그곳에서 몇 주간 한의원 치료를 받으러 다니셨는데 많이 좋아지셨다. 어머니는 오늘 제천에 오신 김에 그 한의원에 다시 치료를 받으러 가고 싶어 하신다. 바로 어머니를 모시고 K한의원으로 갔다. 한의원 대기실에는 치료를 기다리는 환자들이 많다. 환자들 중에는 연세 드신 분들이 많이 계신다. 지금 제천의 코로나19 확산이 심해서 모두 마스크를 쓰고 있다.

어머니가 한의원 치료를 끝내고 한의원 대기실로 나오시는 모습을 보니 참 기분이 좋아 보이신다. 어머니는 잠시 한의원 대합실에서 기다리고, 나는 인근에 주차해 놓은 내 차를 운전해서 다시 K한의원 입구로 와서 어머니를 모시고 집으로 왔다. 집으로 오신 어머니는 그동안 서울에서의 얘기를 많이 해 주신다. 말씀을 하시는 어머니의 얼굴이 참 행복해 보인다. 막냇동생의 딸이 올해 초등학교에 입학했는데, 손녀의 얘기를 하실 때는 특히 힘이 나신다. "그놈 참 똑똑하더라." 어머니의 손녀 자랑이 대단하다. 누나 집, 이모님 집에서의 즐거운 시간들도 많이 얘기해 주신다. 특히 이모님과 그동안 남매 사이의 옛 얘기를 많이 하시며 즐거운 시간을 보내셨다고 하신다. "앞으로 몇 번 더 만날 수 있을까?" 하시며 아쉬움도 많이 표시하신다. 서울에서의 시간이 참 좋으셨나보다. 연로하신 어머니가 서울서 즐거운 시간을 보내셨다니 나도 기분이 참 좋다.

오늘 한국에서의 코로나19 신규 확진자는 581명이다. TV뉴스는 코로나19 3차 대유행에 접어든 것 같다는 소식을 쏟아내고 있다. 사회적 거리두기를 확대해야 된다는 소리가 여기저기서 들린다. 제천에서는 며칠 전 김장 관련으로 코로나19 확진자가 발생하면서 매일 신규 확진자가 계속 늘어난다는 소식이다. 25일부터 제천의 확진자 4명이 보고되고 오늘은 9명으로 늘었다. 그동안 제천시는 코로나 확진자가 없어서 청정 제천을 자랑했으나 무너지는 것은 아닌지? 걱정된다. 정말 겁난다. 조심 또 조심해야겠다.

사무실
근무

2020년 11월 27일(금)

나는 거의 매일 제천의 사무실에 출근한다. 많은 일들을 해야 하기 때문에 별도의 시간을 내는 것이 힘들다. 평소에도 회사에 기술자문을 위한 공부를 계속하고 있지만, 특히 월요일과 금요일에는 하루 종일 (주)S사를 위해 일하는 날로 정해서 일하고 있다. 오늘이 금요일이다. 오늘 프로젝트의 내용을 생각하며 도보로 사무실로 출근했다. 걸어서 30여 분 되는 거리를 도보로 출근하는 게 운동도 되고 기분도 상쾌하다. 도보로 다니면 별도로 운동할 필요도 없고 자동차 기름을 소비할 일도 없어서 일석이조다.

사무실에는 아무도 없다. 사무실 내에서도 요즘 코로나19 상황으로 항상 마스크를 쓰고 있다. 사무실은 평소에도 거의 나 혼자만 사용하고 가끔 사장님이 오시는 정도다. 서로 별도의 일을 하고 있지만 그가 나에게 책상을 빌려주고 나의 일을 할 수 있게 해 주었다. 오랜만에 사무실 청소를 했다. 청소가 끝나갈 무렵 사장님이 오셨다. 청소를 마무리하고 내 의자에 앉아서 내 업무를 보는데 건너편에 앉은 사장님이 얘기한다. "집사람이 코로나19로 격리되었어요.", "예?" 내가 놀라서 대답한다. 갑자기 얼마 전 제천의 김장 관련 코로나19 확산이 머리를 스쳐간다. '사모님이 격리되었는데, 사장님도 집에 계시지…' 속으로만 중얼거리며 사장님께 양해를 구했다. "그럼 저는 안전을 위해서 일찍 들어가겠습니다."라고 말하며 귀가를 서두른다.

갑자기 마음이 급해진다. 서둘러 정리를 하고 집으로 돌아왔다. 서두르는 바람에 아침에 끼고 갔던 장갑과 손수건도 모두 책상 위에 두고 나왔다. 마음이 급하긴 급했나 보다. 제천의 코로나19 확산 소식에 긴장을 하고 있는 때에, 오늘 사장님과의 만남은 기분이 참 이상하다. "집사람이 코로나19로 격리되었어요." 하는 사장님의 말이 자꾸 뇌리를 스친다. 아침에 운동 삼아 사무실에 걸어갔기 때문에 오는 길도 걸어왔다. 돌아오는 길은 평소의 걸어 다니는 길인데도 오늘 기분은 영 이상하고 찝찝하다. 집으로 돌아와서 입었던 옷을 모두 벗어 햇볕에 널어놓고, 사무실서 쓰고 왔던 마스크는 쓰레기통에 버렸다. 소파에 앉아 계시는 어머니도 그렇게 하는 게 좋단다.

혹시 모르니 가족 간의 격리도 해야 할 것 같아서 실내에서도 마스크를 쓰고 있다. 함께 지내는 가족들에게도 서로 조심하는 것이 좋다는 생각이 들어서, 귀가한 후, 내 방에 들어가서 혼자 지내며, 가능하면 가족 간의 접촉도 줄였다. 내가 환자도 아닌데 오늘 만난 사장님이 몹시 계속 맘에 걸린다. 혹시 모르니 조심 또 조심하자. 목이 간질간질하다. 어젯밤에 좀 추위를 느껴서 목감기 초기증세가 있다. 조금 걱정이 된다.

　오늘 사무실에서의 해야 할 일을 전혀 하지 못했다. 오늘 해야 할 일이 많은데 걱정이 많다. 그러나 일보다는 건강이 더욱 더 중요하기 때문에, 코로나19에 대한 조심을 먼저 한 후 일은 다음에 할 수 있다는 생각을 하니 좀 걱정이 덜하다. 코로나19는 나와는 관계가 없을 거야!

　오늘 한국에서의 코로나19 신규 확진자는 555명이란다. 계속 하루 확진자가 500명을 넘어간다. 나도 긴장되지만 전국이 코로나19로 긴장 상태로 가는 것 같다. 오늘 제천의 확진자는 무려 13명이라고 한다. 혹시 사장님의 사모님도 코로나에 확진되지 않았는지 걱정이 된다. 제천이 점점 심각해지는 것 같다.

2

코로나19
검진 및 확진

검진

2020년 11월 28일 (토)

아침 11시 반쯤 함께 근무하는 사무실의 사장님으로부터 전화가 왔다. "제가 확진자가 되었다고 보건소에서 연락이 왔어요. 어제 나와 만났으니 보건소에 가서 코로나19 검사를 받아보는 게 좋겠어요." 갑자기 화가 치민다. 어제 검사를 받았으면 집에 계시지 왜 사무실에 왔냐고 소리치고 싶었다. 기분이 참 이상하고 걱정이 된다. 평소와는 달리 어제 사장님을 만나고 난 후부터 계속 기분이 좀 이상하다.

제천시 보건소에 검사를 받으러 가니, 벌써 검사를 받으러 온 사람들이 많다. 제천에서 갑자기 코로나19 확진자가 늘어나니 확진자와 직·간접적으로 만났던 사람들이 모두 검사를 받으러 온 것이다. 나와 같은 입장인 것 같다. 보건소에 검사를 받으러 온 많은 시민을 보면서, 코로나19가 제천에서 좀 심각하다는 것을 눈으로 확인할 수 있다.

　내 차례가 되어서 코로나 검사를 받았다. 입안과 콧속에 이물질 등을 검사했다. 검사를 받는 게 좀 불편하다. 검사를 마치고 집으로 왔다. 이제 검사 결과 음성 판정만 받으면 걱정이 끝이다. 그러나 지금부터 보건소에서 음성판정이라고 연락을 받을 때까지 지루한 기다림이 시작된다. '내가 확진자와 만났으니 확진이 되는 걸 아닐까?'

제천시 보건소 코로나19 검사장 전경

걱정과 근심이 앞선다. '나는 괜찮을 거야.' 혼자 계속 되풀이해서 생각한다.

함께 지내고 있는 가족들에게 혹시 모를 피해가 있을까봐 나는 온통 내 방에서만 지냈다. SNS에서는 제천의 지인들이 계속 확진자 명단에 이름을 올리고 있다는 소식이 들려온다. 나는 내 방에서 온통 제천시 보건소 홈페이지의 코로나19 관련 페이지를 계속 들여다보고 있다. 긴장이 계속되어서 아무 것도 할 수가 없다. 함께 활동하고 있는 제천 지역 단체의 밴드에서도 회원들이 온통 보건소에 검사받으러 갔다 온 소식과 음성판정을 문자로 받고 지옥 다녀왔다는 소식들이 많다.

'나는 괜찮을 거야. 내일 오전에 음성판정 문자 올 거야!' 생각하면서도 한편으로는 걱정도 많다. 시간이 정말 안 간다. 정말 지옥 같은 시간이 계속 흐르고 있다. 내가 오늘 확진자로 확정된 사람과 어제 함께 사무실에 있었기 때문에, 코로나19 양성으로 판단될까 봐 걱정이 되어, 코로나 검사 결과 외에는 지금 아무 것도 관심이 없다. '나는 코로나19 검사 결과가 당연히 음성판정이 될 거야. 나는 항상 운동을 하며 건강한 생활을 해왔으니까' 하며 스스로 위안을 계속해 보지만 불안하고 또 불안하다.

오늘 한국의 코로나19 신규 확진자는 503명이다. 한국의 신규 확진자가 매일 500명을 오르내리고 있다. TV에서는 3차 유행이 될 것 같다는 뉴스를 쏟아내고 있다. 특히 내가 살고 있는 제천이 문제다. 어제 제천의 신규 확진자는 13명에 이어 오늘은 14명이다. 제천시 보건소에서 공개하고 있는 코로나19 관련 인터넷 페이지에 확진자의 동선이 발표되고 있다. 페이지를 확인해 보면 확진자들이 좁은 제천 시내 곳곳에 다녀갔다. 내가 다니던 곳뿐만 아니라 제천사람들이 많이 다니는 곳이 대부분이다. 점점 걱정의 정도가 높아진다. 좁은 제천에서 확진자가 너무 많이 나오는 것 같아서 점점 걱정이 많아진다.

○ 아내의 일기

남편은 어머니를 모시고 한의원에 다녀와서 안동으로 가려던 계획이었다. 한의원에 가려던 차에 남편의 사무실 사장님의 전화가 왔다. 코로나19 검사를 받아보라고 한다. 남편은 긴장하며 코로나19 검사를 받으러 갔다. 검사 결과가 나오기를 기다려야 하기 때문에 어머니의 안동행은 불가능하게 되었다.

확진

어젯밤 내내 코로나19 검사 결과가 걱정되어 잠을 잘 자지 못했다. 새벽부터 스마트폰으로 제천시 보건소 사이트에서 코로나19에 대한 소식만 본다. 어젯밤에 잘 자지 못해서 온몸이 불편하다. 아내가 현명하게 식사를 방으로 가져다준다. 판정 받을 때까지 내 방에서 나오지 말란다. 피 마르는 시간이 계속된다. 정말 걱정이 되어 아무 것도 할 수 없고 정신적으로 붕괴되고 있다. 빨리 '음성'문자가 보건소로부터 오기를 기다리고 또 기다린다.

아침부터 내가 가입되어 있는 밴드에도 많은 회원 분들이 어제 코로나19 검사를 받았다고 하며, 지금 보건소로부터 음성 문자를 받았는데 지옥을 다녀왔다는 등 어제 검사받은 사람들의 결과 소식이 계속 들린다. 그러나 나는 아직 연락이 없다. '나는 왜 보건소로부터 아무런 문자가 없을까?' 좀 이상한 기분이 든다. 계속 긴장된 시간이 계속되는데도 보건소에서 어떤 문자도 없다.

내가 답답해서 보건소로 전화를 했다. 이름과 생년월일을 확인하고 보건소 직원은 '양성'이란다. "예? 결과가 양성요?", "예." 내가 다시 물어본다. "그럼 코로나19 확진자인가요?", "예. 곧 보건소 직원들이 별도로 연락할 겁니다." 보건소 직원이 대답한다. 갑자기 눈앞이 캄캄하다. '내가 양성판정? 코로나19 확진자!' 정말 믿을 수가 없다.

마스크를 쓰고 내 방에서 나와 어머니와 아내에게 내가 확진자가 되었다고 얘기했다. 모두들 어두운 표정이지만 아무 말도 없다. '왜, 나에게 이런 일이?' 도저히 믿을 수 없다. 코로나19 검사를 다시 받아보고 싶다. 정말일까? 정신적으로 혼란스럽고 무너지는 '멘붕'이 시작된다. 온 가족의 악몽이 시작되는 것 같다. '내가 평소에 잘못한 것이 많아서, 하나님이 나에게 벌을 내리시는 걸까? 보건소 직원이 얘기를 잘못한 것은 아닐까? 내가 코로나19 확진이라는 현실을 받아들이자'

내가 코로나19 확진 상태라는 사실을 받아들이니, 이제는 어머니, 아내 그리고 아들이 걱정된다. 내가 확진이 결정되자 보건소에서 함께 생활하고 있는 가족들 모두 보건소에 가서 코로나 검사를 받으라고 한단다. 확진자와 밀접접촉자이기 때문이다. 어머니, 아내 그리고 아들이 보건소에 검사를 받으러 간단다. 나 때문에 가족들이 힘든 상황이 생기니 정말 견딜 수 없다. 어차피 나는 확진되었으나 연로하신 어머니를 비롯한 다른 가족들이 모두 음성이 나왔으면 좋겠다. 나만 확진이고, 다른 가족들은 음성이 되길 간절히 기도해 본다.

제천시 보건소에서 전화가 왔다. 보건소 직원은 나의 이름과 생년월일을 확인 후, 그동안의 나의 동선을 조사하기 시작한다. 나의 동선을 날짜와 시간대별로 모두 물어본다. 다행히 나는 매일 일기를 쓰고 있기 때문에 나의 동선을 기억해내는 데 유리하다. 그런데 내가 어떻게 대답하고 있는지 정신이 없다. 제천 사무실에서 기존 확진자와의 만남을 얘기하니, 나의 동선과 함께 차를 타고 다녔는지, 걸어 다녔는지, 어떤 활동을 했는지 등을 자세히 물어본다. 나의 사진을 찍어 보내 달라고 하며, 무슨 옷을 입었는지도 물어본다. 대학 강의, 함께 식사 및 커피를 마신 사람들과 연락처 등을 자세히 물어본다. 정말 며칠 동안의 동선을 시간대별로 자세히 확인을 한다. 정말 철저하다. 나의 대답과 관련 있는 사람들은 모두 코로나19 검사를 받게 될 것이고, 밀접 접촉자는 음성이 되더라도 2주간 거의 자택격리를 당할 수도 있다. 그런 생각을 하니 그분들에게 미안해서 견딜 수 없다. 그러나 코로나19의 확산 차단을 위해서는 어쩔 수 없는 일이라 할 수 없이 받아들여야 한다. 그래서 자세히 기억을 살려 얘기했다.

전화 조사가 끝나고 조금 있으니, 내 스마트폰에 불이 나기 시작한다. 나와 관련된 분들의 전화다. "혹시 코로나19 확진자냐?" 개인의 정보라 제천시 보건소에서 나의 이름은 밝히지 않지만 함께 점심 먹은 사람은 짐작을 해서 나에게 전화를 한다. 사실대로 얘기했다. 정말 이들에게 미안하다. 강의한 대학에서도 담당자가 전화를 한다. 대학에서도 난리가 난 모양이다. 확진자인 내가 다녀간 건물과 강의실 그리고 만난 사람들을 모두 파악하느라 정신이 없나 보다. 대학에서는 지난 목요일 내가 강의한 강의실 그리고 강의에 참여한 학생들의 명단을 물어본다. 보건소로부터 코로나19 확진이라는 소식을 접하고 정말 몇 시간 동안 정신을 차릴 수가 없다. 정말 악몽 같은 시간이 계속되고 있다. 지금은 스마트폰을 버리고 어디로 도망가고 싶다. 코로나19 증세가 나타나기도 이전에 나는 이미 정신이 붕괴되고 있다.

나는 내 방에서 나오지 않고, 아내는 어제와 마찬가지로 나의 방에 식사를 가져다준다. 그리고 나머지도 모두 별도로 밥을 먹는다. 단 하루 만에 집안 분위기가 엉망이 되었다. 오늘 받은 코로나19 검사 결과를 기다리는 가족들의 마음을 나는 경험했기 때문에 다 이해한다. 가족 모두 악몽 같은 시간이 계속된다. 모두 내가 코로나19 양성 판정을 받았기 때문이다. 가족들에게도 정말 미안해서 얼굴을 들 수가 없다. 가족들도 나와의 접촉을 최소화한다.

어차피 이렇게 된 이상 빨리 병원이 결정되어 입원했으면 좋겠다. 그러면 내가 격리되어 가족들에게도 더 이상 불편을 주지 않기 때문이다. 보건소에서는 갑자기 제천의 확진자가 많아져서 확진자를 분류하고 있으며 내가 입원할 병원이 결정되면 연락한단다. 나는 지금 당장 입원하고 싶다고 했더니 아마 내일 최종 결정이 되어 병원으로 이송될 거라고 한다. 확진 후 하루 자택대기다. 지금 빨리 이 상황을 모면하고 싶다. 단 몇 시간 만에 나와 가족들이 완전히 멘붕 상태에 빠지고, 나와 만났던 많은 사람들에게 죄를 지은 듯한 느낌이다. 잔기침은 계속 난다. 나의 인생에서 오늘이 가장 긴 하루가 된 것 같다. 빨리 내일이 와서 어디든 빨리 입원을 했으면 좋겠다.

오늘 한국의 코로나19 신규 확진자는 450명이라고 한다. 매일 500명이 넘던 신규 확진자 수가 400명대로 떨어졌다. 어제 14명의 확진자가 발생했던 제천에는 오늘도 코로나19 신규 확진자가 나를 포함해 13명이다. 이거 정말 코로나19 3차 대유행이 시작되는 것은 아닐까? 자꾸 걱정된다.

○ 아내의 일기

남편이 코로나 양성 판정을 받고 가족 모두 멘붕 상태다. 어머니를 모시고 나와 아들은 보건소로 검사 받으러 갔다. 불안 초조의 시간이 계속된다. 남편의 확진으로 나는 무조건 밀접 접촉자로 2주간 격리되게 되었다. 직장에 연락했다. 검사 결과를 기다리는 시간이 무척 긴장된다. 남편의 갑작스런 코로나19 확진 소식에 앞으로 어떻게 해야 하는지….

3

입원 그리고
어머니 확진

입원 그리고
어머니 확진

내가 확진되었다는 사실이 나를 밤새 괴롭힌다. 도저히 잠을 잘 수가 없다. 이틀째 계속 잠을 자지 못하고 긴장상태가 계속되니 온몸이 이상하다. 또한 어제 코로나19 검사를 받은 가족들이 걱정된다. 나를 제외한 가족 모두는 음성판정을 받아 무사했으면 좋겠다. 밤새 기침이 조금씩 난다. 시간이 정말 안 간다. 오늘 빨리 병원이 결정되어 가족들과 격리되었으면 좋겠다. 그러나 보건소에서는 어떤 연락도 없다. 노트북으로 보는 TV뉴스에는 계속 코로나19 속보뿐이다. 스마트폰에는 안전문자로 제천의 신규 확진자 소식이 계속 들어온다. 더욱 더 어머니, 아내 그리고 아들, 가족들의 음성판정이 기다려진다.

오전 9시쯤 가족들이 보건소로부터 결과를 문자로 받았다. 아내와 아들은 모두 음성 판정을 받았으나 어머니가 양성이란다. 가슴이 덜컥 내려앉는다. "어머니도 코로나19 확진자라고?" 믿을 수가 없다. 나 혼자만 확진자라고 해도 속상한데 연로하신 어머니가 확진자라니 더욱 더 걱정이 된다. 나로 인해 어머니가 코로나19에 전염되었다니 어머니한테 고개를 들 수가 없다. '어머니께 이보다 더 큰 불효가 어디 있을까?' 어머니는 80대의 고령이기 때문에 더욱 더 걱정된다. 정말 괴롭다. 앞으로 무얼 어떻게 해야 하는지 모르겠다. 시간이 해결해 줄까?

어머니는 즉각 다른 방에 들어가시고 아무 말씀도 없으시다. 이제부터 어머니와의 얘기는 스마트폰으로 한다. "엄마 죄송해요. 저 때문에 엄마가 코로나19 확진자가 되어서 큰 불효를 했어요. 엄마 정말 미안해요." 문자를 보내니 어머니로부터 답이 왔다. "괜찮다. 일부러 그런 것도 아닌데, 우리 다시 건강한 모습으로 만나자." 어머니의 답장이 내 마음을 더 아프게 한다. 어머니는 안방에서 보건소 직원의 전화를 받으며 그동안의 동선 조사를 받는 것이 틀림없다. 어머니도 힘든 시간이 계속될 것으로 생각하니 더욱 더 죄송하다.

아내는 점심을 가족 모두에게 별도로 준다. 점심을 어떻게 먹었는지 모르겠다. 보건소에서 아직까지 내 입원에 대한 어떤 소식도 없고, 어머니는 확진으로 마음이 많이 붕괴되신 듯하다. 억지로 점심을 먹고 난 후, 노트북 유튜브 동영상으로 코로나19에 대해서 조사했다. 내가 코로나19에 대해서 좀 자세히 알 수 있으면, 대처하는 나도 좀 더 효율적이라고 생각했기 때문이다. 그러나 내 마음이 안정되지 않았는지, 유튜브 동영상이 내 눈과 귀에 전혀 들어오지 않는다. 기침은 계속 난다.

어제는 스마트폰이 불이 났으나 지금은 조용하다. 어제와 달리 지금은 스마트폰이 울리기를 기다리지만 벨이 울리지 않는다. 확진이 되었다는 결과를 받고 하루가 지났는데도 아직 치료 병원이 결정되지 않아 자택 대기 중이다. 피 말리는 시간만 계속되고 있다. 빨리 보건소에서 연락이 왔으면 좋겠다. 보건소에서는 급증하는 제천의 코로나19 확진자로 병실이 부족하다고 얘기하지만, 우선 내가 빨리 입원해서 가족과 격리되었으면 좋겠다는 생각이 계속 든다. 빨리 이 순간을 벗어나고 싶다.

오후 3시 반 드디어 제천시 보건소로부터 연락이 왔다. 확진 후 자택대기 하루 만이다. 하루가 너무 길었다. 보건소 직원은 갑자기 늘어난 코로나19 확진자로 병실이 많이 부족해서 내가 하루를 자택에서 대기하게 해서 미안하다고 한다. 충주의료원으로 내가 입원할 병원이 결정되었다고 한다. 이어서 보건소 직원은 오후 5시에서 6시 사이에 구급차가 내가 살고 있는 아파트로 올 예정이니, 준비하고 대기하란다. 그리고 충주의료원의 입원에 준비해야 하는 내용에 대해서 문자를 보내준다. 충주의료원에서 사용했던 모든 옷들과 물건들은 소각한다고 한다. 퇴원이 결정되면 퇴원 시 입을 옷을 택배로 보내면 된단다. 어머니의 입원은 언제 병원이 결정되느냐고 물어보니 지금 입원하실 병원을 조사 중이니 곧 결정될 거란다. 어머니도 하루 자택대기가 될 것 같다. 노트북과 핸드폰, 2주 이상 입을 옷, 이불 등을 챙겼다. 이제 병원으로 가기만 하면 가족과는 분리되어, 가족들의 고통이 조금이라도 덜어질 수 있다고 생각하니 그나마 다행이다. 이제 2~3시간만 기다리면 구급차가 와서 나는 가족들과 격리된다. 나를 태우고 갈 구급차가 기다려진다.

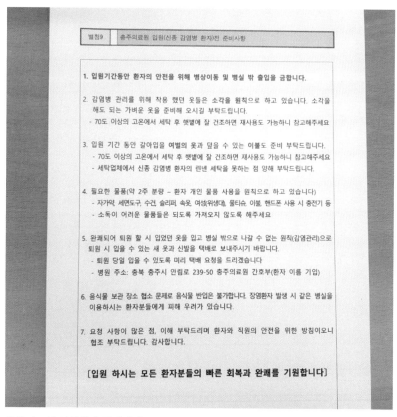

충주의료원 입원환자 준비사항

다른 방에서 입원대기 중이신 어머니께 문자를 드렸다. "엄마, 저는 충주의료원으로 결정이 되었어요. 5시쯤 저를 데리러 구급차가 온데요.", "그래 우리 치료 잘 받고 건강한 모습으로 다시 만나자." 어머니의 답장이다. 어머니가 나보다 더 담담하시다. 아마 당신보다 아들이 실망하지 않도록 의도적으로 담담한 모습을 보이시려는 듯하다. 같은 실내에서도 얼굴을 직접 대하지 못하고 문자로 서로의 안부를 주고받는 현실이 매우 가슴 아프다. 나는 창밖을 자주 내다보며 구급차가 오는지 확인하고 있다. 왜 빨리 구급차가 나를 데리러 오지 않는 거야!

6시가 되니 어두워지고 창문 밖에서 구급차 한 대가 아파트로 들어온다. 확진자를 배려해서 어두운 시간에 오는 것 같다. 이제 나를 데리러 오나 보다 생각하는데 구급차는 아파트 다른 동으로 가는 것 같다. 구급차가 안 보인다. 다른 차인가보다 생각하고 있는데 약 10여 분 후에 내가 살고 있는 아파트 동의 주차장으로 구급차가 들어온다. 조금 있으니 문을 두드린다. 완전히 방호복 복장을 한 두 명이 문밖에 서 있다. 꼭 우주인 같다. TV에서 그런 모습을 많이 봤지만, 직접 나를 데리러 온 사람들이라 엄청 이상하다. 꼭 나를 체포하러 온 것 같다.

내가 출발하기 전에 어머니가 계신 방에 노크를 하고 문만 조금 열고 어머니께 하직 인사를 드렸다. 어머니는 몇 시간 만에 얼굴이 반쪽이 되신 것 같다. "병원에서 건강하게 퇴원해서 보자. 나도 같이

갔으면 좋겠다. 나는 언제 데리러 온다니?" 어머니가 물어본다. "전화상으로 물어봤는데, 엄마는 지금 입원하실 병원을 조사하고 있데요. 곧 엄마도 병원이 결정되어 연락이 올 거예요." 그사이 반쪽이 된 어머니의 얼굴을 보는 순간 또 어머니께 미안하고 죄송해서 눈물이 팍 쏟아진다.

가족들과 인사하고 문밖을 나오는데 방호복을 입은 보건소 직원들이 엘리베이터는 사용하지 말고 복도로 내려가란다. 가족들은 문밖에도 나오지 말란다. 살고 있는 6층에서 계단으로 내려가는데, 방호복의 직원 한 명은 내 뒤를 계속 따라오며 계단 소독을 한다. 기분이 엄청 좋지 않다. 아파트 건물 밖으로 나오니 아파트 주민 몇 명이 구급차 옆에 서서 나를 바라본다. 나는 지금 이 순간 누구를 만나는 게 겁나기도 하고 창피하기도 하다. 내가 죄를 지은 것도 아닌데 왜 내 마음이 죄인같이 사람들 모두가 겁이 나고 꺼려질까?

나는 모자를 눌러쓰고 방호복을 입은 직원은 구급차의 별도로 분리된 환자 공간으로 나를 안내한다. 직원은 차를 타기 전에 내 이름을 확인하고 나에게 봉투를 하나 준다. 봉투는 가방에 넣고 읽어 보지도 않았다. 구급차 내에서 별도로 분리된 공간으로 가니 한 명이 끝부분에 앉아있다. 그도 틀림없이 코로나19 확진자다. 모자를 눌러쓰고 고개를 숙이고 있어서 서로 눈도 마주치지 않아 누군지도 모르겠다. 같은 아파트에 사는 분인 것 같은데, 나와 같이 코로나19 확진이 되어 오늘 함께 입원하는 것 같다. 우리 집에 오기 전에 다른 동에 들러서 한 명의 환자를 태우고 우리 집으로 나를 태우러 왔나 보다.

나를 태운 구급차는 또 다른 아파트로 간다. 그곳에서 또 다른 한 명의 환자를 태운다. 환자 모두 고개를 숙이고 모자를 쓰고 있어서 서로 시선도 마주치지 않는다. 마지막으로 탄 환자는 내 옆에 앉았다. 내 눈에는 내 옆에 둔 그의 가방만 보인다. 세 명의 코로나19 환자를 태운 구급차는 고속도로를 이용하여 충주의료원으로 향한다. 차를 탑승할 때의 기분은 엄청 좋지 않다. TV에서 본 죄수 호송장면이 생각난다. 나의 모습이 재판을 받고 구치소로 가는 죄수들이 호송 차량에 올라서 이동하는 모습이랑 비슷하지 않을까? 다른 사람의 시선도 겁이 난다. 갑자기 내가 왜 이런 모습이 되었을까? 하고 생각하니 정말 속상하다. 모두가 코로나19 때문이다.

충주의료원은 산중에 있다. 내가 탄 구급차는 한 시간 정도 걸려, 7시가 좀 넘어서 충주의료원에 도착했다. 구급차가 병원에 도착하니 방호복을 입은 제천시 보건소 직원이 충주의료원 직원에게 나를 포함한 세 명의 환자를 확인하여 인계를 한다. 그런데 이상하게 이런 일들이 모두 건물 밖에서 이루어진다. 충주의료원의 직원은 환자 한 명씩 이름과 생년월일을 확인하고, 옆에 세워 놓은 버스로 환자를 한 명씩 안내한다. 그 버스 안에서 입원 전 X-ray를 찍었다. 모두 X-ray를 찍고 나니, 제천시 보건소 구급차는 제천으로 되돌아갔다. 우리에게 충주의료원 직원은 준비한 비닐 옷을 주며 이것을 입고 휠체어에 앉으란다. 혼자 스스로 걸어갈 수 있는데도, 2인 1조로 이루어진 팀이 한 명씩 휠체어를 이용하여 환자를 한 명씩 이동시킨다. 이제 완전히 환자가 되었다. X-ray를 찍은 곳에서 병실까지의 동선이 매우 길다. 동선 내에도 중간 중간에 직원들이 통제를 하고 있으며 이동하는 사람들을 모두 확인을 하고 병실로 이동시킨다. 지하 주차장과 복도 그리고 코로나19 병동 엘리베이터까지의 동선이 아마 100m는 넘어 보인다. 제천시 보건소와 충주의료원 직원들 모두 이 추운 날씨에 고생한다. 코로나19가 많은 사람들을 고생시키고 있다. 충주의료원 코로나19 병동은 일반병동과 철저히 격리되어 있는 듯하다.

지하의 동선으로 왔기 때문에 나는 병동과 병실이 어딘지도 모른다. 충주의료원 직원들은 내가 탄 휠체어를 502호 병실 앞에 세운다. 그리고 병실 문을 열고 들어가란다. 병실은 아무도 없는 빈 병실이었다. 침대를 보니 5인실의 병실에 3개의 침대가 환자를 맞을 준비가 되어 있다. 나는 창문 옆의 침대를 정하고 직원들은 돌아갔다. 이곳에서 내가 병이 완치될 때까지 있어야 하나 보다. 나의 짐을 풀었다. 조금 있으니 또 한 명의 환자가 병실로 들어온다. 구급차에서 내 옆에 앉았던 사람 같다. 그는 구급차 내에서 내가 본 가방을 들고 왔다. 제천서 왔단다. 그는 나의 건너편 창문 옆에 있는 침대를 정하고 짐을 푼다. 제천서 온 코로나19 환자 두 명이 이 병실에서 병원생활을 시작한다.

조금 있으니 방호복을 입은 간호사가 병실로 들어온다. 담당 간호사라고 인사하며 병원생활의 주의사항을 알려준다. 전염의 우려로 환자는 절대 병실 밖의 복도로 나갈 수 없단다. 그리고 문제가 생기면 항상 전화를 사용하라고 하며 간호사실의 전화번호를 알려준다. 그리고 이곳 병실에서는 환자복을 입지 않고 개인의 평상복을 입는단다. 다른 병원의 상태도 그럴지 궁금하다. 한편으로는 '복도에 나가면 환자를 구별할 수 있기 때문이지 않을까?' 생각한다. 그리고 간호사는 입원 후 처음으로 나의 체온을 잰다. 36.3℃다. 산소포화도, 혈압 등도 잰다. 그리고 간호사는 나의 지병인 협심증에 대해서도 자세히 물어본다. 입원할 동안 복용할 약은 충분히 있는지도 확인하고 지금 복용하고 있는 약의 이름도 모두 적는다. 혹시 입원기간이 길어져서 지금 먹는 협심증 약이 부족하면 얘기하란다. 그리고 입원기간 동안 병실 내에서 사용할 개인용품이 든 비닐봉지를 하나씩 환자들에게 나누어 준다. 그 안에는 마스크, 비누, 샴푸, 면도기 등이 있다. 이곳에서는 음식을 먹을 때만 제외하고, 항상 마스크를 쓰고 있어야 한단다. 물론 잘 때도 마스크를 써야 한단다.

병동에는 평소 일반 병동에서 볼 수 없는 장비가 병실 중간에 떡 자리하고 있다. 코로나 병동은 음압병동이어야 하기에 이 장비가 외부와 병실의 압력을 조절하는 장비다. 창문은 열 수 없다. 이제는 퇴원할 때까지 오로지 음압장비를 통하여 병실로 들어오는 공기만 마시게 된다. TV도 있고 벽시계도 있다. 그러나 시계는 고장 난 상태로 걸려있고, TV도 있지만 오늘 입원한 환자 어느 누구도 손을 대지 않는다. 침대 옆에 있는 환자용 테이블에는 손 소독제가 하나씩 개인별로 준비되어 있다. 병실 내에 화장실이 있고 화장실에서 나오면 손을

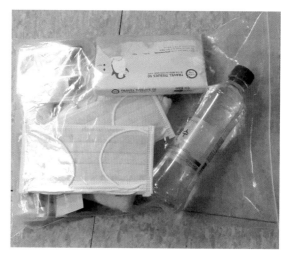

충주의료원에서 코로나19 입원자에게 지급된 개인용품

격리병동 입원생활 안내문(51병동)

1. 격리병실에서 절대 밖으로 나오시면 안 됩니다.

2. 문의 사항이 있으면 전화로 간호사실로 연락하세요.

   원내전화 사용 시 : 504, 514

   개인전화 사용 시 : (043) 871- 0504, 0514

3. 의료진 병실 방문 전 전화 후 방문하니 마스크를 꼭 착용해

   주시고 필요한 사항이 있으면 말씀해 주세요.

   (마스크는 개인관물함 위에 비치되어 있습니다.)

4. 식사시간은 오전7시, 12시, 저녁5시이고 일회용 도시락으로

   제공됩니다.

   식사를 마친 후 도시락은 도시락를 넣어 온 비닐봉투에 넣고

   묶어서 병실내 비치된 폐기물통에 넣어주세요.

5. 병실내에서 나온 모든 쓰레기는 모두 폐기물통에 넣어주세요.

6. 사용한 린넨은 병실내 지정장소에 구비된 검은봉지에 넣고

   묶어 주세요.

7. 입원 시 옷은 본인 옷을 착용합니다.

8. 입원 후 기본물품만 제공하니 추가로 필요한 물품은 보호자가

   준비하고 물품이 준비되면 간호부사무실로 연락하면 전달해드리겠습니다.

   간호부 사무실 : (043)871 - 0481, 0482

코로나19 확진자 입원생활 안내문

씻을 수 있도록 수도 장치가 되어 있고 그 앞에 소독용 물비누가 있다. 간호사는 내 침대 앞에 환자의 이름을 붙여놓았다.

오늘 함께 입원한 환자와는 제천서 함께 구급차를 타고 왔지만 서로 아무 말도 하지 않는다. 나뿐만 아니라 다른 환자도 모두 같은 마음일 것 같다. 코로나19 확진이 되고 나서 짧은 하루의 시간이지만 나는 몸과 마음이 완전히 황폐해졌다. 모든 게 귀찮다. 목은 계속 간질간질하고 잔기침이 난다. 병실의 출입구 문에 붙어있는 창문을 통해서 복도를 보니 복도에는 인적이 전혀 없다. 방호복을 입은 의사와 간호사 그리고 직원들만 움직이는데 이들 또한 환자와의 접촉을 최소화하기 때문에 꼭 병실에 들어올 일 외에는 들어오지 않는다. 병동이 너무 조용하니 절간 같다. 코로나 병실의 환경은 일반 병실의 상황과는 정말 너무도 다르다. 가보지는 않았지만 꼭 감옥 같다.

곧 이어서 간호사가 저녁을 가지고 병실로 들어온다. 저녁은 도시락인데 검은 비닐 안에 들어있고, 검은 비닐 외부에는 환자의 이름이 붙어 있다. 나는 일반식이고 다른 환자는 당뇨식이다. 코로나19는 치료제가 없어서 몸의 면역력이 스스로 코로나19 바이러스를 이겨야 한다고 생각하니 많이 먹어야 할 것 같아서 저녁을 반찬까지 다 먹었다. 아직은 목이 간지럽고 잔기침이 나는 증상 이외에는 별도의 증상이 없다. 코로나19는 고열이 제일 겁나는 증상이라고 하는데, 오늘 나의 체온은 정상이다. 다른 코로나19 증상이 생기지 않고, 목의 가벼운 증상과 잔기침이 빨리 사라져서 퇴원했으면 좋겠다.

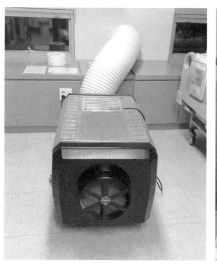

코로나19 병동의 음압병실 조절장치

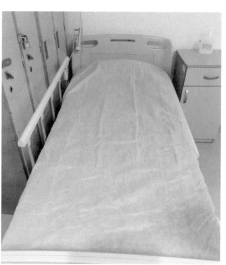

코로나19 병동의 환자 침대

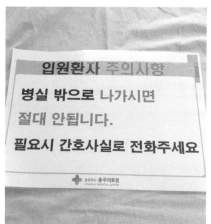

코로나19 입원환자 주의 사항

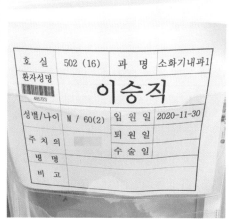

환자 침대에 부착된 이름표

외부 가족들과 스마트폰으로 통신은 가능하다. 병실에서 무료 와이파이가 가능해서 사용할 수 있지만 공용 와이파이라서 자꾸 끊기기도 한다. 어머니한테 전화로 지금 충주의료원에 잘 도착했고, 입원실도 정해졌다고 말씀드렸다. 확진된 어머니의 상황을 물어보니 코로나에 확진되었다는 실망감으로 마음이 많이 아프신 모양이다. "우리 건강한 모습으로 다시 만나자." 어머니의 말씀에 내 목이 메인다. "그리고 네가 건강해야 한다." 어머니는 오로지 본인보다 아들의 건강이 먼저시다. 어머니를 생각하니 또 눈물이 나려고 한다. 어머니는 오늘부터 기침이 나기 시작한다고 한다. 아내, 딸들과 아들이 함께하는 카톡에도 별도로 도착과 병실 확정 소식을 알렸다. 그리고 형제들과의 카톡에도 연락을 했다. 모두 걱정을 하면서도 빨리 치료되어 퇴원하기를 기원한단다.

병원에 근무경험이 있는 딸들이 나에게 너무 걱정하지 말란다. 아빠는 운동을 많이 하고 건강하기 때문에 곧 코로나19를 극복할 수 있을 거란다. 아내도 건강한 모습으로 다시 만나자고 한다. 나는 이곳 충주의료원에서 얼마나 입원해야 되는지도 잘 모른다. 그리고 어떤 일들이 나를 기다리고 있는지 전혀 예상이 되지 않는다. 다만 코로나19 환자로서 이 병원의 병실 생활의 주의사항에 따를 뿐이다. 치료는 치료진이 할 것이고 나는 그냥 그들의 치료에 잘 협조해서 빨리 회복만 하면 될 것 같다.

오늘 하루가 피곤했는지 9시 반이 넘으니 나도 모르게 침대 위에서 자고 있다. 핸드폰 벨소리에 눈을 떠보니 동생과 이모님 등 친척들의 전화다. 어머니가 친척들에게 어머니와 나의 코로나19 확진 사실을 알리셨나 보다. 모두 걱정하는 전화다. 특히 이모님은 언니인 어머니가 고령이라서 코로나19의 확진 사실에 걱정이 더 많이 되신다고 하신다.

확진 후 이틀 동안 참 전화를 많이도 받았다. 모두 나를 걱정하는 마음은 감사하지만 지금은 무조건 좀 쉬고 싶다. 그동안 몸과 마음이 완전히 붕괴되어, 반가운 친척들의 전화도 나는 귀찮게 느껴진다. 코로나가 나를 많이 변화시키고 있다. 오늘 하루가 너무 힘든 하루다.

오늘 입원하는 과정에서 많은 걸 느꼈다. 체계적으로 움직이는 인력들을 보며 '대한민국이 대단한 나라'라는 걸 느낀다. 확진자에 대한 배려와 감염에 대한 우려를 최대한 차단하려는 그들의 모습이 정말 자랑스럽고 존경스럽다. 각 기관들의 협조체제, 그리고 환자들에 대한 배려 및 친절한 대응 등이 정말 나에게 대한민국을 자랑스럽게 만든다. 다른 나라라면 이렇게 할 수 있을까? 생각해 본다. 이렇게 길고 긴 오늘 하루가 지나간다.

기술자문하고 있는 회사인 (주)S사의 대표님께 문자드려 나의 확진 소식을 보고했다. 대표님은 깜짝 놀라며 걱정하신다. "정말 코로나19가 우리 가까이 온 느낌이네요. 회사 걱정은 하지 말고 빨리 회복하길 빌게요." 한다. 내가 참 많은 사람들에게 불편함과 걱정을 드리는 것 같아서 엄청 미안하다. 코로나 때문에 회사의 프로젝트 수행에 많은 지장을 받게 생겼다. 걱정이다.

오늘 한국의 코로나19 신규 확진자는 438명이다. 스마트폰으로 보는 뉴스에서는 코로나19 제3차 유행이 시작되지 않을까 걱정하는 보도가 많다. 오늘 제천의 코로나19 신규확진자도 어머니를 포함해 14명이다. 김장 관련한 제천의 확진자가 계속 하루 10명 이상씩 늘어나고 있다. 그동안 코로나19에 관해서 확진자가 거의 없어서, 제천시에서는 그동안 청정 제천을 강조해 왔는데 제천시에서 너무 경솔하게 생각하고, 긴장을 풀지는 않았는지 모르겠다. 제천에서 신규 확진자가 너무 급격히 늘고 있어서 걱정이다.

○ 어머니의 일기

코로나19 검사 결과 나는 양성 확진이란다. 머리를 망치로 맞은 듯하다. 자가 격리가 시작되었고, 이 시간이 정말 괴롭다. 차라리 병원에 실려 가는 것이 좋을 것 같아서 구급차가 기다려진다.
"엄마, 저 지금 가요." 아들이 말한다. 방호복으로 복장한 사람들이 죄인 체포하는 것처럼 아들을 데리고 간다. 대면할 수도 없는 상황이라 내가 있는 방문을 조금 열고 아들을 본다. "치료 잘 받고 건강하게 다시 만나자." 그 말을 하면서도 다시 만날 수 있을까? 언제 만날 지 기약이 없다는 생각을 하니 눈물이 왈칵 쏟아진다. 나도 빨리 구급차에 실려 가고 싶다.

어제 받은 코로나19 검사 결과가 나왔다. 나와 아들은 음성, 어머니는 양성이다. 연로하신 어머니가 확진자가 된 것이 더욱 더 걱정이다. 오후 7시 남편은 보건소 직원의 안내로 충주의료원으로 갔다. 늦은 밤에 보건소에서 나와 집 안 화장실 방역을 실시했다. 어머니가 이어서 입원하시면 또 방역이 실시될 것 같다. 11월 마지막 날 숨이 턱턱 막힌다.

기침 그리고
어머니 입원

2020년 12월 1일(화)

입원하고 첫 밤을 보냈다. 병원 침대가 익숙하지도 않고 맘이 편치도 않아서 잠을 자는 둥 마는 둥 잘 자지 못했다. 검진, 확진 그리고 입원하는 과정에서 몸과 마음이 완전히 붕괴되는 바람에 벌써 며칠째 잠을 잘 못 자고 있다. 숙면을 취할 수 없으니, 정말 힘들다. 어젯밤 눈을 감고 있으니 여러 가지 생각이 들어 계속 머리가 복잡하다. '왜? 나한테 코로나19가 왔을까? 평상시 내가 잘못한 일들을 많이 해서 벌을 받고 있는 걸까?', '평소에 어머니께 불효를 해서 정신 차리라고 하는 것일까?', '앞으로 나는 어떻게 될까?' 참 많은 생각을 하며 밤새 뒤척인다. 새벽 4시 반에 눈이 떠진다. 함께 입원한 환자를 고려해서 전등도 켜지 않았다.

5시 반에 간호사실에서 전화가 온다. "안녕하세요. 간호사실인데요. 어젯밤 잘 주무셨어요?" 참 친절하고 상냥한 목소리다. "예, 좀 자기는 했는데 어떻게 잤는지는 잘 모르겠어요.", "대부분 처음 입원하면 잠을 설쳐요. 마음 푸근하게 잡수시고 잘 치료받으면 빨리 좋아질 거예요. 어디 불편한 곳은 없으세요?", "감사합니다. 목이 좀 간질간질하고 기침이 좀 나긴 하지만, 지금 특히 불편한 곳은 없어요.", "혹시 불편하거나 필요한 것이 있으시면 언제든지 간호사실로 전화해 주세요." 간호사의 친절한 목소리가 들린다. "예. 그럴게요. 감사합니다." 간호사실에서는 입원환자의 상황을 매일 체크하고 있는 듯하다.

6시 반쯤에 방호복을 입은 간호사가 병실로 들어온다. 체온과 산소포화도, 혈압 등을 잰다. 어제 입원할 때, 체온이 36.3℃였는데 오늘 아침에는 37.2℃다. 어제보다는 조금 높아졌지만 정상치에 있다고 간호사는 얘기한다. 나는 열을 조금도 느끼지 못한다. 산소포화도 및 다른 측정치는 모두 정상이란다. 간호사는 얼굴을 방호복과 마스크, 고글로 가리고 있어서 고글 내 간호사의 눈만 보인다. 눈빛이 정말 선하다. 이제부터 내가 만나는 모든 사람들은 방호복을 입고 있는 사람들뿐이다. 그들은 환자와의 접촉을 최소한으로 한다. 그들도 코로나의 위험에 노출되어 있기는 마찬가지기 때문에 조심 또 조심하고 있다.

7시가 되니 간호사가 아침 식사를 가지고 병실로 들어온다. 어제와 동일하게 같은 병실에 있는 두 명의 밥이 다르다. 식사가 들어있는 검은 비닐봉지에는 환자의 이름이 붙어있다. 환자별로 별도로 식사를 준비하나 보다. 일단 면역력이 높아지려면 많이 먹어야 할 것이라는 생각을 하고 있기 때문에 밥을 많이 먹었다. 이제 본격적으로 병원의 입원생활이 시작되는 듯하다. 아침을 먹고 나니 창밖이 보인다. 병실에서 보이는 곳은 병원 주차장이다. 많은 사람들이 주차를 하고 왔다 갔다 한다. 주차장 뒤에는 산이 있어서 나무와 풀들이 보인다. 풀들은 겨울이라서 모두 바닥에 누워 있는 듯하다.

그동안 나는 바쁘다는 핑계로 자연을 제대로 보고 느끼지 못했으나 여기 있는 동안은 비록 창문으로 보이는 것에 불과하지만 자연을 좀 자세히 보고 느끼도록 노력해 보려고 한다. 어차피 코로나19로 입원했으니, 병원에 있는 동안, 지금까지의 60년, 나의 생활 등에 대하여 생각해 보고 개선할 부분은 무엇인지를 찾아보는 시간을 만들어야겠다.

11시가 되니 과장님께서 오셨다. 방호복을 입고 있으니 누군지 전혀 모르겠다. 그는 병실 문을 열고 들어와서 "여러분을 치료할 주치의 ○○○입니다."라고 이야기했다. 스스로 주치의라고 하셔서 그가 과장님인 줄 알았다. 고글 안으로 보이는 그는 잘생겼을 것 같고, 키도 꽤 커 보인다. 물론 과장님도 고글 내의 눈만 보인다. 그는 우리가 어제 찍은 X-ray 결과는 정상이라고 하며 현재 환자들의 증세를 물어보신다. 나는 목이 간질간질하고 기침이 좀 난다고 했다. 그는 알았다고 하며 약을 처방해 주겠다고 한다. "증세가 나타나면 빨리 간호

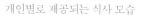

개인별로 제공되는 식사 모습

병동에서 제공되는 도시락 모습

사실에 전화하세요."라는 말을 남기고 그는 병실을 나갔다. 모두 환자들과의 접촉시간을 최소화하려는 모습들이 보인다.

지금 나의 상태는 잔기침과 목의 간지러움 정도다. 이 증세만 빨리 좋아져서 퇴원했으면 좋겠다는 생각이 점점 간절해진다. 그러나 '도대체 코로나19가 어떤 병인가? 환자는 어떻게 하면 빨리 회복될 수 있는지?' 궁금하다. 스마트폰으로 코로나19에 대해서 조사해 본다. 코로나19는 지금 현재 효과적인 코로나19 치료제가 없으니, 환자 개별적인 면역력이 코로나 바이러스를 스스로 치료하도록 하는 방법밖에는 없단다. 그럼 나는 어떻게 해야 하는 거지? 내 몸의 면역력을 활성화시킬 수 있는 방법은 무엇일까? 일단 잘 먹자. 가능하면 운동도 하자. 그러나 이곳에서는 병실 밖으로 나가지 못하니 침대 앞에서 제자리걸음이라도 하는 운동을 해야겠다.

12시가 되니 간호사들이 점심을 들고 병실로 들어온다. 도시락이다. 나의 면역력 활성화를 위해서 '무조건 맛있게 다 먹자.' 생각하면서 반찬까지 다 먹었다. 이곳은 누구나 들어올 수 있는 곳이 아니기 때문에 간호사분들이 환자들을 위해 이것저것 챙기느라 고생이 참많다. 정말 감사하다. 간호사는 환자들에게 물을 많이 마시면 증세가 좋아지니, 물을 많이 마시고 좋은 생각을 많이 하란다. 다른 간호사가 물을 가져다주며, "물을 많이 마시세요." 한다. 청소하시는 분들도 병실에 들어와서 이곳의 쓰레기를 모두 수거해갔다. 환자마다 쓰레기 수거통이 하나씩 있다. 모두 방호복을 입고 있으니 나는 누가 누군지 도대체 알 수가 없다. 단지 체형을 보고, 목소리를 듣고 남자, 여자 정도만 알 수 있다. 이번에는 소독하는 분들이 병실에 들어와서 병실에서 우리들이 접촉한 모든 부분과 병실 곳곳을 소독하고 병실을 나갔다. 특히 손잡이는 더 많이 소독하는 것 같다. 환자 두 명을 위해서 정말 많은 사람들이 고생을 하시는구나 생각하니, 미안하고 감사하다.

코로나19 병동은 참 조용하다. 복도에 다니는 사람은 전혀 없다. 환자는 물론 환자 보호자도 없다. 환자는 병실에서만 있어야 하고 방역을 위해 보호자뿐만 아니라 누구도 접근 금지이기 때문이다. 가끔 방호복을 입은 의료진들과 소독하는 분들 정도만 왔다 갔다 한다. 이런 곳에서 퇴원할 때까지 있어야 한다는 생각을 하니 벌써 답답하다. 입원 하루밖에 되지 않았지만, 벌써 퇴원하고 싶다.

점심 식사 후, 간호사가 들어와서 체온을 잰다. 38℃다. "열이 좀 나네요?" 한다. 몸에 조금의 열기를 느낀다. 간호사가 곧 해열제를 가지고 왔다. "해열제 드시면 열이 좀 떨어질 거예요. 해열제 드시고 좀 쉬세요." 한다. 해열제를 먹고 침대에 누워 있는데 몸에 열기가 계속 느껴진다. 코로나19의 증세는 열이 많이 난다고 하는데 코로나19 증세가 본격적으로 시작되는 것은 아닐까? 생각하니 걱정이 된다. 오후 4시 반쯤 간호사가 와서 다시 체온을 측정한다. 37.6℃다. 조금 떨어졌다. 해열제 때문인가?

많은 코로나19 환자들이 무증상이란다. 무증상으로 치료하다 퇴원한다는 얘기가 많다. 나도 코로나의 증상이 없고 거의 무증상 상태로 지내다가 완치되어 퇴원하였으면 좋겠다. 오늘 오후 조금 열이 나긴 하지만 곧 정상으로 되고 곧 퇴원할 거야. 혼자 좋은 쪽으로 생각을 한다. 나는 무증상으로 퇴원할 수 있다!

집에서 병원 배정을 기다리는 어머니가 걱정된다. 집으로 어머니께 전화를 했다. 아내가 전화를 받는다. 어머니는 청주의료원으로 치료 병원이 결정되어서 오후 5시 반쯤 제천을 출발했다고 한다. 나 때문에 어머니가 고생을 하시니 엄마한테 미안해서 정말 고개를 들 수가 없다. 미안하고 죄송한 마음뿐이다. 내가 어머니께 너무 큰 불효를 저지르고 있는 것 같은 생각이 계속 들어서 정말 괴롭다. 어머니도 청주의료원에서 잘 치료 받으셔서 빨리 완쾌되어 건강한 모습으로 다시 뵙기를 기도해 본다.

밤 8시 반에 어머니는 청주의료원에 도착했다고 카톡으로 연락이 왔다. 어머니는 "이제 청주의료원에 도착했다. 오늘은 내가 병원에 잘 도착한 것으로 알고, 이제는 좀 피곤하니 좀 쉬어야겠다." 하신다. 확진 받고 이틀 동안 몸과 마음이 많이 상하셨을 어머니는 청주의료원에 도착하니 기진맥진이신 것 같다. 내가 겪은 것을 어머니는 더 심하게 겪으셨을 것이다. 오늘은 어머니가 그냥 푹 쉬시고 마음의 안정을 취하시길 기도한다. 그래도 어머니도 치료 병원이 결정되고 다른 가족들과 격리되어 적극적인 치료를 받을 수 있으니 천만다행이다. 또한 나와 어머니는 서로 다른 병원에 입원해 있지만 서로 카톡으로 연락이 되니 큰 위안이다.

아내가 연락이 왔다. 나와 어머니가 하루 사이로 병원에 입원하고 나서, 한밤중에 제천시 보건소에서 방호복을 입은 직원들이 집으로 소독하러 왔다고 한다. 그리고 어머니와 내가 사용했던 모든 것들과 집안 곳곳을 소독하고 갔단다. 소독을 하고 한동안 시간이 흐르고 모든 창문을 열어 환기를 시키고 나니 밤 11시가 넘었단다. 보건소 직원 그리고 아내와 아들도 모두 고생이다. 모두 나 때문에 일어난 일이다. 모두 소독해서 앞으로 청소가 걱정이란다. 내가 코로나19 확진이 되지 않았으면 그들 모두를 불편하게 하지 않았을 텐데 하는 후회가 밀려온다.

오늘 병실에 또 한 명의 환자가 입원했다. 이제 이 병실의 환자는 모두 3명이다. 그는 병실 출입구 쪽의 침대를 사용한다. 나와 같은 60대로 충주에서 왔다고 한다. 그도 아무런 말도 없고 서로 시선도 마주치지 않는다. 코로나19 병실에는 환자들끼리의 대화는 거의 없고 서로 가까이 가지도 않는다. 또한 새로운 환자가 들어와도 병실 내에 환자 누구도 TV를 켜지 않는다. TV의 버튼을 만지면 다른 사람에게 영향이 있을까봐 서로서로 계속 조심한다. 모두가 서로의 안전을 위해서다. 화장실 갈 때, 화장실 문 손잡이를 만지면 바로 손을 비누로 씻는다. 자동적으로 위생관념이 생긴다. 식사할 때만 빼고 항상 마스크를 하고 있다. 환자들은 시간이 좀 지나도 서로 얘기도 하지 않고, 자기의 침대에서 스마트폰으로 본인들의 지인들과 연락하거나 스스로 필요한 자료를 찾고 있다.

오늘 내가 함께 근무하는 회사, (주)S사의 이사님 두 분이 전화하셨다. 모두 나의 코로나 확진 사실에 놀라며 빨리 회복되기를 기원하고 있다. 외삼촌과 대학의 지인 교수님들도 전화하셨다. 모두 놀라서 걱정되는 전화다. 외삼촌은 누님이 되는 어머니의 입원도 많이 걱정이 되신 모양이다. 이모님과 외삼촌 모두 특히 고령인 어머니가 걱정이고, 어머니가 코로나19를 잘 극복하고 완치되기를 간절히 기도하고 계신다.

오늘 한국의 코로나19 신규 확진자는 451명이다. 계속 400명대를 유지하고 있다. 계속 400명의 새로운 코로나19 환자가 생긴다고 하니 걱정이 태산이다. 오늘도 제천은 11명의 신규 확진자가 나왔다. 좁은 제천에서도 하루 10명 이상씩 새로운 환자가 발생하고 있다. 당분간 코로나가 제천을 휩쓸 모양인가 보다. 점점 걱정이 많아지고 있다.

○ 어머니의 일기

보건소로부터 저녁 6시에 데리러 오겠다는 연락이 왔다. 청주의료원으로 입원 병원이 결정되었단다. 가지고 가는 물건과 입고 간 옷은 다시 입고 올 수 없고, 퇴원할 때는 집에서 다시 택배로 보내준 옷을 입어야 하니 그리 알고 준비하란다. 신발까지. 그래도 자택격리에서 풀려나고 병원으로 가는 것이 한시름 놓인다. 실려 가는 병원이 거리가 너무 멀었다. 구급차는 제천에서 남자 환자 두 명을 더 태우고 갔는데 청주의료원에 도착하니 비닐 자루 같은 곳에 직원들이 나를 태운다. 나는 비닐자루 차에 실려서 어디론지 모르게 간다. 엘리베이터도 타는 것 같다. 어딘지도 모르는 병실에 도착하여 직원들은 비닐자루 차에서 나를 내려준다. 입원실 내 침대도 결정되었다.

병실에는 두 명이 먼저 와 있었는데, 어떤 환자인지 눈에 들어오지도 않는다. 저녁밥을 주는데 도시락을 한 봉지씩 주면서 봉지에는 내 이름이 적혀 있다. 풀어보니 음식이 나쁘지 않다. 두어 숟갈 먹고는 새로 묶어 쓰레기통에 버렸다. 창문이나 출입문을 열면 안 된다고 간호사가 당부한다. 간호사는 이 방에 들어온 모든 것은 밖으로 나갈 수 없다고 말해준다. 저녁 먹고 자리에 누우니 잠을 한숨도 잘 수가 없다. 기계의 "윙" 소리도 요란하고 평소에 예민하고 불면증도 조금 있었는데 잠이라는 휴식은 나와는 거리가 있다.

○ 아내의 일기

어머니도 방에서 격리되었다가 6시에 청주의료원으로 이송되셨다. 어머니는 밤을 뜬눈으로 새며 잠을 이루지 못하셨단다. 걱정이다. 4일간은 정말 불안의 연속이었다. 남편은 하루 먼저 충주의료원으로 입원하고 이어서 어머니가 청주의료원으로 입원하셨다. 밤 11시경에 보건소의 방역팀이 방문하여 집 안 곳곳을 방역을 하고, 환기를 시켰다. 아들은 작은방에서 자고, 나는 거실에서 겨우 새우잠을 잤다. 남편, 어머니의 건강도 걱정이고, 앞으로 해야 할 일이 걱정이다.

고열, 기침 그리고 오한

2020년 12월 2일 (수)

병원에서 이틀 밤을 보냈다. 그동안 계속 숙면을 취하지 못해 정말 힘들었지만, 어젯밤은 좀 잤다. 입원 첫날보다는 마음이 좀 안정되었나 보다. 새벽 5시 반에 간호사가 와서 체온과 혈압, 산소포화도 등을 체크하고는 증세가 있는지 물어본다. 열이 37.4℃다. 조금 높지만 정상이란다. 어제 먹은 해열제가 좀 효과가 있었나 보다. 목은 계속 간질간질하고 잔기침이 나지만 아직 다른 특별한 증상은 없다. 이렇게 더 이상 증세가 나타나지 않고 있어서, 이 상태를 유지하다 퇴원했으면 좋겠다는 생각이 간절하다.

아침에 청주의료원에 있는 어머니께 문자를 해서 안부를 물었다. 답장이 온다. 어머니도 그동안 속이 좋지 않아서 식사를 못 하셨는데 이제는 많이 좋아지셨단다. 다행이다. 어머니와 나는 서로 식사 후, 빈 그릇을 사진 찍어 보내기로 했다. 서로 많이 먹고 힘내자는 의미다. 어머니는 어젯밤에 잘 주무시지 못했다고 하신다. 나의 경험과 비슷하다. 어머니도 입원 후, 복잡한 생각에 잠이 잘 오지 않았을 것 같다. 그리고 어머니는 신경이 예민하셔서 더욱 더 심하셨을 것 같다. 어머니도 이제는 숙면도 취하시고, 빨리 병원 생활에 익숙해지셔야 하는데 걱정이다. 충주의료원의 아들은 청주의료원의 어머니 걱정, 어머니는 아들 걱정뿐이다. 서로 걱정하며 격려하고 있다.

7시에 간호사가 아침을 가지고 병실로 들어온다. 면역력 강화를 위해서 무조건 식사는 다 먹었다. 다 먹은 도시락의 사진을 찍어 어머니한테 보냈다. 어머니도 식사 다 드시고 사진 찍어서 보내라고 했다. 한참 후에 어머니한테서 문자가 온다. 병실 내에서 스마트폰 충전이 여의치 않아서 답장이 늦었단다. 충전기의 선이 짧아서 충전이 쉽지 않은가 보다. 연로하신 어머니의 병실에서의 유일한 낙이 자녀들과 카톡을 하는 것인데, 걱정이다. 점심 때쯤, 다행히 충전이 된다고 한다.

이곳 병실에서 의료진, 청소하시는 분들, 물품 가져다 주시는 분들 모두 방호복을 입고 열심히 일하고 있다. 방호복을 입고 일을 하는 게 얼마나 불편하고 힘들까? 생각하니 이분들에게 미안하고 감사한 생각이 든다. 정말 이분들을 존경하고 감사드린다. 우리 주변에는 좋은 분들이 이렇게 많아서 따뜻한 세상을 만든다. 이곳 병실에 와서 더욱 느끼는 것이지만, 그동안 살아오는 동안에 나는 주위의 모든 사람들에게 많은 도움을 받았다. 나는 그들에게 감사함의 표현이 참 적었다. 앞으로 주위의 모든 사람들에게 감사함을 적극적으로 표현해야겠다.

창문 밖으로 보이는 경치는 정말 좋다. 오늘은 하늘이 참 쾌청하다. 겨울인데도 쾌청한 가을 날씨 같다. 빨리 나가서 자연의 신선한 공기를 만끽하고 즐기고 싶으나 마음뿐이다. 자연은 변함없이 정해진 대로 변하고 있는데, 나는 지금 병실에 격리되어 있으니 속상하기도 하고 힘도 많이 든다. 병실에 있는 나는 자연의 변화에 동참하고 있는 건지 아닌지 모르겠다.

10시 반에 과장님이 들어오시더니 증세를 물어보신다. 계속 잔기침이 나고 가래가 조금 있다고 했다. 열은 없냐고 물어본다. 어제 오후에 열이 좀 났으나 해열제를 먹고 난 후 지금은 열이 별로 느껴지지 않는다고 했다. 과장님은 매일 한 번씩 와서 증세를 물어본다. 매일 환자의 증상을 체크하고 증상에 따라서 약을 처방해 주는 듯하다. 과장님은 다른 환자들에게도 거의 같은 질문을 하고 병실을 나간다. 과장님이 매일 오셔서 직접 체크하고 치료를 해 주시니 또 감사하다는 마음이 든다. 정말 세상에는 감사한 분들이 참 많다.

점심 때 간호사가 와서 다시 체온을 재니 38℃다. "열이 오르네요. 해열제 드세요. 해열제 드시면 열이 내려갈 거예요." 하며 해열제를 주며 복용하란다. 또 몸에 열이 나타나고 스스로도 몸에 열기를 좀 느낀다. '코로나19는 고열이 핵심이라는데 내 몸에 열이 조금씩 오르고 있다. 괜찮은 걸까? 해열제를 먹으면 괜찮아지겠지.' 스스로 위안을 해 본다. 몸이 추위를 느낀다. "왜 춥지?" 침대에 누워 이불을 뒤집어쓴다. 그래도 춥다. 오한 증세도 나타나고 있는 것 같다. 이제 코로나19 증세가 본격적으로 시작되는 걸까? 걱정이 되기 시작한다.

제천의 아내로부터 전화가 왔다. 어머니가 입원하시고부터 아내와 아들은 2주간 자택격리가 되었단다. 2주 동안은 집 밖으로 나갈 수도 없고 누구도 만날 수도 없다. 또 2주간 자가격리되어 있어서 식사가 걱정이 되었는데 다행히 두 딸이 비상식량을 택배로 보내주었다고 한다. 또한 제천시 보건소에서도 격리기간 동안 먹을 비상식량을 보내주었단다. 다행이다. 보건소에서 소독하고 간 후, 소독한 화장실, 방, 거실 등 청소가 엄두가 나지 않는다고 한다. 그래도 아들이 도와줘서 좀 편하게 할 수 있단다. 간호사 출신인 두 딸은 보통 코로나의19 치료 기간은 2주에서 한 달 정도라고 하고, 평균 20일 정도 걸린단다. 딸들은 내가 그동안 열심히 일해 왔으니, 그동안 아무것도 하지 말고 푹 쉬란다. 딸들의 마음 씀씀이가 고맙다.

이곳 병원에서는 아침, 점심, 저녁이 모두 정해진 시간에 들어온다. 아침 7시, 점심 12시 그리고 저녁은 오후 5시다. 저녁도 모두 먹고 나서 빈 도시락 사진을 찍어 어머니께 보냈다. 청주의료원의 어머니도 많이 안정되신 듯하고 식사도 모두 다 하시고 빈 도시락 사진을 찍어 보내주신다. 코로나19는 스스로의 면역력으로 이겨내야 하는 병이다. 이 병에 저항하는 자가 면역력을 키우기 위해 우리 서로 많이 먹자고 어머니와 약속했다. 어머니와의 약속을 지키기 위해 서로 식사 후 빈 그릇을 찍은 사진을 주고받는다. 어머니는 어젯밤 잘 주무시지 못하셨지만, 식사를 다 하셔서 그래도 다행이다. 어머니가 빨

어머니께 보낸 식전, 식후 도시락 사진

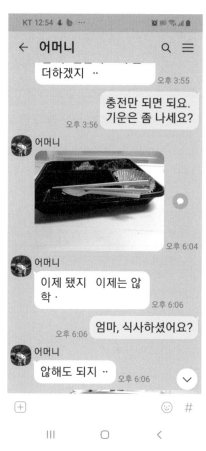

어머니께 받은 카카오톡 메시지

리 병원생활이 익숙해져서 숙면을 취하시고, 잘 치료되셨으면 좋겠다는 기도를 한다.

오후부터는 좀 피곤하다. 긴장이 풀어져서 그런 걸까? 침대 위에서 추위를 느껴 이불을 푹 덮고 나도 모르게 자고 있는데 스마트폰이 울린다. 사위의 전화다. 사위도 장인인 나의 입원에 걱정이 많다. 다른 친척들도 전화를 했다. 이제 모든 친척이 나의 코로나 확진을 알게 된 듯하다. 친척들 또한 많은 걱정을 하고 있다. 그러나 이제는 기침이 점점 더 심해져서 통화하기가 더 힘들어진다. 지금은 열도 나고, 춥기도 하고, 힘도 들어 모든 게 귀찮다. 통화하기가 힘드니 격려하는 전화가 고맙지만, 귀찮다. 그냥 침대에 누워 쉬고 싶다. 몸이 점점 힘들어지고 있음을 느낀다. 걱정도 점점 깊어진다. 빨리 병원에서 벗어나고 싶다.

오늘 한국의 코로나 신규 확진자는 511명이다. 하루 신규 확진자가 400명에서 500명을 오락가락한다. TV 뉴스는 이제 3차 유행이라는 보도가 흘러나온다. 오늘은 제천의 신규 확진자가 4명이다. 며칠 동안 10명 이상씩 확진자가 나오더니 오늘은 좀 주춤해졌다. 이제 제천도 더 이상 신규 확진자가 나오지 않고 좀 진정되었으면 좋겠다.

○ 어머니의 일기

3일째 잠을 못 자고 있다. 간호사한테 한 잠도 못 잤으니 수면제를 좀 달라고 했더니 못 준단다. 황소 눈깔 같은 감시 카메라가 있는데 보면 될 것이 아닌가 하며 혼잣말을 하면서도 수면제를 못 받으니 속상하다. 3일을 꼬박 자지 못했으니 단 5분이라도 푹 잤으면 몸이 좀 개운할 것 같다. 밥은 먹을 수가 없어서 죽으로 바꿔 달라고 했는데 죽도 여전히 넘어가질 않는다. 죽을 한 숟갈 먹으면 토하는데 토하는 양이 먹은 양보다 많다.

충주의료원에 있는 아들한테서 매일 전화가 오는데 잘 지낸다고 답을 했더니 밥그릇 사진 찍어서 보내자고 약속하잔다. 그래서 밥을 못 먹었다고 하면 아들이 애쓸까봐 죽은 빈 그릇에 비우고 도시락을 찍어서 보냈더니 아들의 "어머니 감사합니다."라는 답이 왔다.

○ 아내의 일기

지금은 자택격리가 되어 있다. 일단 환기부터 시키고, 화장실부터 청소했다. 소독한 후 뒷일이 장난이 아니다. 소독 때문인지 계속 목이 답답하다. 오늘부터 죽 대대적으로 청소에 들어갔다. 며칠째 세탁기는 쉬지 않고 돌아가고 있다. 빨래 건조대는 더 이상 빨래를 널 공간이 없다. 대대적인 집 안 청소가 시작되니 조금도 쉴 틈이 없다. 병원의 남편과 어머니는 더 힘들게 투병하고 계시는데….

X-ray, 미각 상실, 근육통

2020년 12월 3일(목)

어제 밤새 기침이 났다. 계속 기침의 강도도 높아지고 있다. 목도 칼칼하다. 잠결인데, 누가 옆에 와서 내 팔을 잡는 것 같다. 눈을 떠 보니 방호복을 입은 간호사다. 새벽 5시 반이다. 간호사가 체온을 재니 38℃란다. 이틀째 열이 계속 난다고 하면서 간호사가 해열제를 먹으라고 한다. 해열제를 먹으면 좀 열이 내릴 거란다. 어젯밤에 먹은 해열제도 효과가 없는 듯, 열이 떨어지질 않는다. 이번에는 해열제를 먹으면 열이 좀 떨어질까? 이틀째 몸에 열이 나고 기침을 심하게 하고 나니 몸에 힘이 없어지고 점점 견디기 어려워진다. 열도 내리고, 기침과 칼칼한 목이 빨리 좋아졌으면 좋겠다. 간호사실에서 전화가 왔다. 오늘 7시 반에 X-ray를 찍으러 온단다. 계속되는 열과 기침 때문에 폐렴이 오고 있는 건 아닌지 체크하는 것 같다. 좀 걱정이 된다.

70

7시에 아침이 왔다. 아침에 입맛이 좀 없는 것 같다. 어제도 먹는 건 잘 먹었는데 오늘은 좀 이상하다. 그러나 음식을 먹지 못할 정도 는 아니라서 아침은 다 먹었다. 코로나19 바이러스를 이기기 위해서 는 몸의 면역력을 높이기 위해 잘 먹어야 한다는 생각을 항상 가지고 있어서 가능하면 반찬까지 다 먹는다. 코로나19의 증상 중에 미각의 상실이 온다고 하는데, 음식의 맛이 좀 이상하다고 느끼니 미각의 감 소가 시작되고 있는 건 아닌지 걱정이 되기 시작한다.

8시쯤 되니 방호복을 입은 두 명의 기사가 X-ray 기기를 밀며 병실 로 들어선다. 세 명의 환자 중 나만 사진을 찍는다. 좀 걱정된다. 기 침은 계속 나며 강도가 점점 높아지고 있고, 열도 계속 난다. 혹시 폐 에 문제가 있는 것은 아닐까? 기침 때문에 나에게 폐렴증상이 있는지 를 확인하려고 X-ray를 찍는 건 아닐까? "왜 나만 사진을 찍지?"란 생 각을 하니 내 마음이 갑자기 지옥으로 떨어지는 듯하다. 기사에게 물 어보니 자기들은 잘 모르겠고 판단은 과장님이 하신단다.

11시 반쯤 과장님이 오셔서 오전에 찍은 나의 X-ray 결과가 정상 이라고 한다. 폐렴에 대해 걱정이 많았는데 정상이라니 천만다행이 다. 기분이 천당과 지옥을 왔다 갔다 한다. 코로나19 바이러스는 폐 렴을 유발한다고 해서 기침이나 고열 등 의심증세가 보이는지 계속 해서 지켜본단다. 코로나19는 열과 기침이 대표적인 증상을 나타낸 다고 한다. 과장님은 지금 나의 상태를 물어본다. 어젯밤에 기침이 계속 나고 가래도 조금 있다고 하니까 의사는 알겠다고 하면서 약을 처방해 주겠단다. 과장님은 다른 환자에게도 현재의 상태를 물어보고 병실을 나간다.

12시에 점심이 왔다. 이상하게 점심을 먹을 수가 없다. 오늘 아침은 입맛이 좀 떨어져도 식사하기 괜찮았는데 점심은 식사하기 힘들다. 음식 냄새도 맡지 못하겠다. 정말 이상하다. 몇 시간 사이에 입맛이 뚝 떨어졌다. 점심을 도저히 먹을 수가 없어서 한참 쉬었다 조금만 먹었다. 도저히 점심을 다 먹을 수가 없다. 항상 식탐이 있었던 내가 입맛이 없는 경우는 거의 없었다. 입맛이 없는 것을 보니 정말 본격적으로 코로나19의 식욕감소 증상이 나타난 것 같아서 걱정된다. 청주의료원에 계시는 어머니도 식사하시기 힘들 것으로 생각된다. 그러나 어머니랑 서로 밥 먹고 다 먹은 사진을 찍어 보내기로 했기 때문에 어머니한테 사진을 보냈다. 점심을 다 먹을 수가 없어서 남은 것은 빈 그릇에 비우고 다 먹은 것처럼 사진을 찍었다. 어머니한테 죄송하지만 어머니가 식사를 드시게 하려면 어쩔 수 없다.

어머니하고 통화했다. 어머니가 걱정하실까봐 일부러 기침을 억지로 참아가며 상태가 괜찮은 듯한 목소리를 냈다. 어머니는 입원하고 이틀간 잠을 거의 주무시지를 못했다고 한다. 참 걱정이다. 어떻게 하는 것이 좋을까? 평소 신경이 많이 예민하시기도 하지만 급격하게 바뀐 병원 환경이 숙면을 취하는 데 방해했을 것 같다. 하여튼 어머니는 노령에 주무시지 못하면 기력이 떨어질 테고, 병원 생활하시기 힘들 것도 뻔하다. 그러나 어머니는 항상 아들 걱정이시다. "너는 열은 없냐? 기침은 나냐? 힘들진 않냐?" 당신이 힘드신 것보다 아들 걱정이 먼저이신 우리 어머니다. 하여튼 코로나는 치료제가 없어서 개인의 면역력으로 이겨내야 하니까, 어머니와 나는 서로 많이 먹고 슬기롭게 이번 일을 잘 이겨내자고 또 약속했다.

오늘부터 병실에서 본격적인 운동을 하기로 했다. 운동을 하려는데 오른쪽 다리 근육이 좀 아프다. 그러나 무시하고 운동을 시작한다. 제자리걸음으로 처음 한 시간 7,000보, 저녁 먹고 25분간 3,000보, 도합 오늘 만 보의 운동을 했다. 평소와 느낌이 많이 다르다. 땀도 많이 난다. 며칠 만에 운동을 하니 몸도 좀 활성화되고, 마음도 활성화된다. 간호사는 코로나19가 폐렴 증상을 나타내기 때문에 매일 운동을 하는 게 좋단다. 그런데 운동할 때, 다리가 좀 아팠는데 제자리걸음이 끝나고 침대에 누우니 온몸이 점점 아파온다. 내가 운동을 너무 많이 한 걸까? 정말 온몸이 누구한테 두들겨 맞은 것처럼 아프다. 점점 강도가 심해진다. 근육통이 시작되나 보다. 또 하나의 걱정이 늘었다. 정말 온몸이 아파온다.

입원할 때, 가지고 온 노트북으로 코로나19에 대해서 찾아보았다. 코로나19는 도대체 어떤 증상들이 있으며, 어떻게 치료하는지, 그리고 치료기간은 어느 정도인지? 코로나19의 대부분 증세는 발열, 마른기침, 근육통, 설사 등을 유발한단다. 치료는 코로나19에 대한 별도의 치료제가 없어서 환자 본인의 면역력으로 바이러스를 퇴치하도록 돕고 있단다. 치료기간은 상태에 따라서 보통 14~20일 전후란다. 상태가 나쁘면 한 달이 걸릴 수도 있단다. 그리고 후각과 미각의 기능이 떨어진단다. "아! 밥맛이 없는 걸 보니, 나도 미각기능이 떨어졌나 보다."

병원에서 나에 대해서 집중적으로 상황 체크하는 걸 보니 평소 협심증 약을 먹고 있어서 지병이 있는 환자군에 나를 포함시키나 보다. 기분이 그렇게 좋지는 않다. 아직까지 기침은 계속 나고 목도 칼칼하다. 근육통도 시작되었으니 당분간 고생할 것 같다는 생각을 하니 걱정이 앞선다. 오늘 코로나 관련한 자료를 인터넷으로 찾아보니 일주일 정도는 이런 증상이 계속된다고 한다. 나도 일주일 정도 이런 증상이 되지는 않을까 생각하니 끔찍하다.

아내한테서 전화가 왔다. "병원생활은 좀 익숙해지셨나요? 오늘 컨디션 어때요?" 하고 물어온다. 식사하기가 힘들고, 기침과 열이 계속 나고 근육통이 시작된 것 같다고 얘기하니 아내가 걱정을 많이 한다. 어머니한테처럼 증상이 거의 없다고 말할 걸 그랬나? 곧 후회가 된다. (주)S사 대표님도 전화하셨다. 대표님도 나에 대해서 걱정이 많으시다. 회사 일은 잠시 잊고 빨리 치료될 수 있기를 기원한다는 얘기에 감사함을 느낀다. 빨리 증상들이 회복되어서 완치되었다는 소식들을 지인들에게 전하고 싶지만 마음뿐이다.

오늘 한국의 코로나19 신규 확진자는 533명이다. 한국에서 신규 확진자가 계속 500명대 선을 유지하고 있다. 3차 대유행이 오는 것 같다. 한국의 누적 확진자가 35,000명을 넘었다. "이러다 5만 명을 넘기는 건 아니야?" 혼자 중얼거려 본다. 유튜브로 YTN뉴스를 보니 환자는 급속히 늘어나는데 병상이 부족하다는 등, 사회적 거리두기를 더 강화해야 한다는 등 여러 얘기들이 많다. 나는 당장 아픈 몸이 빨리 치료되어 퇴원하고 싶은 마음뿐이다. 오늘도 제천의 신규 확진자가 5명이다. 조금 준 것 같은 느낌이 들지만 아직 좁은 제천에서 확진자가 계속 나오는 것이 걱정된다.

○ 어머니의 일기

음식을 먹지 못해서 기진맥진하는데 옆의 환자가 간호사에게 "할머니가 노인 환자시고 드시질 못해서 기진맥진한 상태인데 영양제를 놓아 주시면 좋지 않나요?" 건의를 했더니, 간호사가 개인부담이라도 괜찮겠냐고 물어본다. 내가 고개를 끄덕하니 보호자로 등록되어 있는 충주의료원의 아들한테 연락해 본 모양이었다. 그래서 놓게 되었는데 11시간이 걸린다. 한 번 더 맞겠냐고 하는데 달고 있는 것이 지루해서 좀 빨리 들어가면 맞겠다고 했더니 간호사가 웃음을 띠며 "할머니한테 빨리 들어가게 할 수는 없어요." 한다. 핸드폰 충전기의 길이가 짧아서 충전이 힘들다. 손녀한테 얘기했더니 손녀가 길이가 긴 충전기를 사서 보냈다. 이제 충전이 잘된다. 다행이다. 손녀가 최고다.

고열, 기침 그리고 구토

2020년 12월 4일(금)

　밤새 계속되는 기침으로 어젯밤은 잘 자지 못했다. 아니 잘 수가 없었다. 새벽 5시 반에 간호사실에서 전화가 온다. 어젯밤 다른 증세가 있었는지 물어본다. 기침이 계속되고 있고, 목이 칼칼한 느낌은 계속되고 근육통이 와서 온몸이 아프다고 했다. 6시가 되니 또 다른 간호사가 와서 나의 체온을 잰다. 오늘 아침 체온은 38.3℃다. 며칠째 계속 고열이다. 계속 해열제를 먹고 있지만 해열제의 효과가 없는지 열이 전혀 떨어지질 않는다. 목도 칼칼하고 마른기침이 계속된다. 근육통으로 온몸의 통증도 매우 심하다. 간호사는 이 병실의 환자 세 명 중 나한테만 약을 계속 준다. 아침, 점심, 저녁 그리고 자기 전에 약을 먹으란다. 나에게 코로나 증세가 이번 주말까지 기승을 부리려나 보다. 3일째 계속되는 열이 이제는 좀 떨어질 때도 되었건만 계속

되는 고열에 사람이 기진맥진하고 힘을 쓸 수가 없어 괴롭다. 입안이 말라서 계속 물을 마시게 된다.

말하기가 겁난다. 기침이 계속 나오기 때문에 말을 할 수가 없다. 기침은 점점 더 심해진다. 계속되는 기침과 근육통으로 몸과 마음이 완전히 붕괴되어 이제는 자포자기 상태다. 또한 고열이 해열제로도 잡히지 않고 계속 입맛도 없어서 음식을 도저히 먹을 수가 없다. 또한 기침 때문에 말을 하기 힘들어 지인들로부터 전화가 올까봐 겁도 난다. 몸의 면역력을 키우기 위해서는 많이 먹고 운동을 계속해서 면역력을 길러야 하는데, 몸이 아파서 운동도 못하고, 음식도 먹지 못하니 몸의 에너지원이 부족하다. 계속 침대에 누워있을 수밖에 없다. 코로나19의 여러 가지 복합 증세가 계속되니 정말 정신을 차릴 수가 없고 몽롱해진다. 점점 걱정이 심화된다.

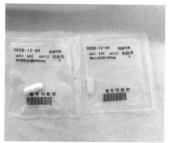

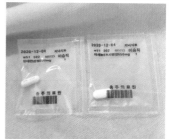

계속 입맛이 떨어져서 식사를 하지 못하겠다. 이젠 구역질도 난다. 고열이 계속되니 사람이 기진맥진이다. 해열제를 먹어도 효과가 없다. 근육통과 기침도 계속된다. 언제 이런 고통이 없어질까? 오늘

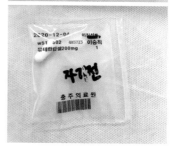

병원에서 받은 세 가지 복용약

도 어김없이 7시가 되니 간호사가 아침을 가지고 병실로 들어왔다. 그러나 배도 더부룩하고 입맛이 없어 아침을 먹고 싶은 생각이 전혀 없다. 그러나 기력을 찾기 위해서는 먹어야 하기에 억지로 조금 먹었다. 배 속에 밥이 조금 들어가니 계속 구역질이 난다. 도저히 더 먹을 수가 없다. 반찬의 냄새도 맡지 못한다. 미각과 후각 능력이 많이 떨어졌기 때문이다. 그래도 조금이라도 먹을 수 있는 방법을 생각해 보지만 답을 찾을 수 없다.

아침 식사 후, 청주의료원에 있는 어머니께 전화 드렸다. 일부러 엄마한테는 밝은 목소리를 내려고 별 증세가 없는 것처럼 얘기했다. 얘기하는 동안 기침도 참을 수 있으면 꾹 참았다. 지금의 상태를 그대로 얘기하면 어머니가 걱정하시기 때문이다. 어머니는 어젯밤은 잠을 좀 주무셨다고 하신다. 다행이다. 큰딸이 자주 할머니께 전화를 드려 위로를 해드렸다고 한다. 큰딸은 대학병원에서 풍부한 간호 경험으로 어머니에게 좋은 상담으로 많은 도움이 되는 것 같다. 어머니는 손녀를 생각하며 잠을 주무셨단다. 어머니도 계속 식사를 잘 하시지 못하고 구토가 심해서 간호원에게 부탁해서 영양제를 맞으셨다고 하신다. 어머니도 나와 같은 증상으로 고생하신다. 나와 입장이 같으니 어머니의 심정이 이해가 된다. 구토 때문에 식사를 하지 못하는 어머니도 걱정 또 걱정이다. 어머니가 청주의료원에서 맞으시는 영양제를 사진을 찍어서 카톡으로 보내주신다.

11시쯤 되니 과장님이 오셨다. 증세를 물어보는데 기침과 고열이 계속되고 구토, 근육통 등도 계속된다고 얘기를 하니 필요한 약을 처방해 주신단다. 그리고 다음 주에는 코로나19 검사를 해 볼 거란다. '아직까지 증상이 있는데 검사할 필요가 있을까?' 의심해 본다. '아니

어머니께서 카톡으로 영양제 맞는 중임을 알려주심

토요일과 일요일에 증세가 잡히면 음성이 나올 수도 있지.' 나대로 유리한 생각을 해본다. 나 혼자만의 생각일까?

오후 4시 20분에 간호사실에서 전화가 와서 내가 스스로 체온을 한번 재 달라고 한다. 간호사실에서도 나의 체온에 신경을 많이 쓰고 있나보다. 내가 체온을 재니 38.5℃다. 열이 자꾸 올라간다. 해열제를 먹으란다. 해열제를 먹어도 열이 전혀 떨어지지 않는다. 며칠째 고열이 계속되니 정신을 차릴 수가 없다. 딸들과 카톡으로 체온 얘기를 하니, 수건에 물을 묻혀 얼굴도 닦고, 배나 등도 닦으면 열이 내려가는 데 도움이 된단다. 그리고 수건에 물을 묻혀 목에 두르고 있는 것이 좋단다. 딸들이 시키는 대로, 수건에 물을 묻혀 얼굴도 닦고 배, 가슴도 닦고 목에 두르니 참 시원하다. 이어서 온도계로 체온을 재보니 37.8℃다. 물수건의 효과로 조금 떨어진 걸까? 기침도 계속되어 목과 가슴도 아파온다. 이제는 열과 기침 그리고 근육통이 좀 진정되었으면 좋겠다. 점점 더 힘들어진다. 정말 온몸이 아파서 견딜 수가 없다. 가끔 정신도 점점 흐릿해진다. 코로나19가 정말 밉다.

오후 5시에 간호사가 저녁 가지고 병실로 들어오는데 저녁을 보기가 싫다. 전혀 먹고 싶지 않다. 입맛도 없고, 계속 고열이 나니 모든 게 귀찮다. 음식을 먹으면 구토가 나지만 약을 먹기 위해서는 억지로 먹어야 해서 한 숟갈 입에 떠 넣고 계속 씹어서 물이 된다는 느낌이 날 때까지 씹었다. 이렇게 먹으니 구토도 덜하고 조금은 먹을 수 있다. 거의 한 시간이 걸린다. 이제는 저녁을 먹는 게 땀이 난다. 그렇게 저녁을 조금 먹었다. 그러나 몸은 계속 열이 나고 힘을 쓸 수가 없다. 자꾸 침대에 눕고 싶어진다.

오후 8시 반이 되니 간호사가 다시 온다. 체온을 좀 재자고 해서 재니 체온은 역시 38.4℃다. 이제 의료진의 관심은 온통 나의 열에 있다. 이상하게 동일 체온계로 잰 왼쪽 귀와 오른쪽 귀에서의 체온은 좀 다르다. 나는 오른쪽 귀가 0.2℃ 정도 낮다. 하여튼 계속되는 고열에 간호사가 말한다. "아버님은 해열제로 해열이 되지 않아요. 조금 있다가 해열 주사를 놓을 겁니다. 해열 주사는 직접 혈관에 해열제를 주입하기 때문에 효과가 좋아요. 그럼 30분 후에 주사 준비해서 올게요." 간호사들이 참 친절하다. 이제는 내 몸이 해열제에도 효과가 전혀 없어서 다른 방법을 쓰나 보다. 간호사는 고맙지만 내 스스로는 많이 속상하다. 왜 열이 떨어지지 않는 걸까? 걱정이 많다.

밤 9시가 되니 간호사가 해열주사를 준비를 해서 왔다. '이번 해열주사가 좀 효과가 있었으면 좋겠는데' 하는 기대가 크다. 해열주사를 맞기 위해서 간호사가 내 팔에다 주사기를 꽂는데 팔의 혈관에 주사기 바늘을 잘 꽂지 못한다. 간호사가 여러 겹으로 장갑을 끼고 있어서 힘들다며 나에게 여러 번 아프게 해서 미안하단다. 우여곡절 끝에 주사기 바늘을 나의 혈관에 꽂고 해열제 투입을 시작한다. 조그만 팩에 든 해열제를 30여 분 맞았다. 간호사는 나의 해열제 투입하는 일이 끝나면 이제 퇴근한단다. 괜히 나 때문에 친절한 간호사가 퇴근이 늦어져서 미안하다고 했더니 웃으며 괜찮단다. 고글 안으로 간호사의 눈만 보이지만 내게는 그녀가 정말 마음 좋은 백의의 천사로 보인다. 간호사는 나의 해열제 처치를 모두 마치고 퇴근했다.

이제 나는 열이 떨어져야 한다. 그러나 열은 계속 떨어질 줄 모른다. 기침도 계속 난다. 오한증세도 계속된다. 오한증세로 춥고, 근육통으로 온몸이 아프고 계속되는 고열로 완전히 몸이 망가지는 느낌이 든다. 온몸의 상태가 점점 나빠지니 이제는 내가 어떻게 해야 하는지 도대체 모르겠다. 내가 병실에 있는 체온계로 스스로 체온을 재보니 39.1℃다. 수건에 물을 묻혀 얼굴을 닦고 배도 닦았다. 수건에 물을 묻혀 목에 둘렀다. 시원하다. 딸들이 이렇게 하면 효과적이라고 해서 계속하고 있다. 수건이 어느 정도 마르면 다시 물을 묻혀 몸을 닦고 목에 두르기를 반복한다. 물수건으로 잠시 열을 내릴 수 있지만 다시 열이 올라가는 듯하다.

동생의 전화가 왔다. 전화는 겨우 받았으나 기침으로 인하여 전화를 계속할 수 없다. 사무실 사장님으로부터 전화가 왔다. 그도 지금 충북대병원에 입원하여 힘든 시간을 보내면서도 나에게 전화했다. 나에게 미안한 마음에서였다. 서로 힘내서 빨리 완쾌되어 함께 퇴원하자고 했다. 계속되는 기침 때문인지는 몰라도 이제는 가슴이 아파온다. 계속 아픈 것은 아니고 아팠다가 또 조금 진정되었다가를 반복한다. 그러나 다행히 그렇게 심하지는 않다. 오늘도 이렇게 흘러가고 있다. 이제는 상태가 좀 진정되었으면 좋겠다. 몸과 마음이 정말 힘든 하루하루가 계속되고 있다. 나는 코로나19를 사람들이 왜 무서워

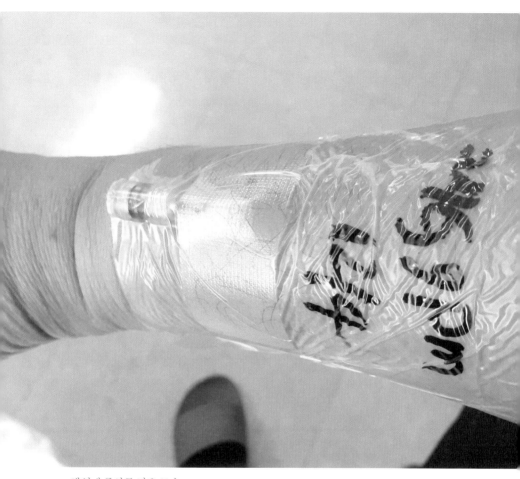

해열제 주사를 맞은 모습

하는지를 온몸으로 체험하고 있다. 코로나19가 정말 무섭다.

오늘 한국에서의 코로나19 신규 확진자는 629명이다. 이제는 600 명대로 올라섰다. 본격적으로 3차 유행이라고 TV 뉴스는 보도하고 있다. 오늘 제천의 신규 확진자도 11명이고 또 하루 10명이 넘었다. 연일 계속되는 코로나 신규 확진자 급증에 온 국민이 위축되고 있다. 매일 10명씩 늘던 제천의 누적 확진자가 100명을 넘었다. 내가 충주 의료원에 있어서 제천시내의 상황을 알 수 없지만 제천 시내에 이동 하는 사람들이 없을 것 같다.

○ 어머니의 일기

옆에 있는 환자의 딸들이 여러 명인가 보다. 그 환자의 딸들이 엄마 가 병실에서 먹으라고 여러 가지 음식을 아주 작게 포장해서 보내준 다. 나도 옆에서 가끔 얻어먹기도 한다. 그중에서 간장을 조금 얻었 는데 식사하는 데 참 유용하다. 옆 환자를 잘 만나는 것도 행복이다.

고열과 근육통,
수액 시작

　토요일이다. 창밖으로 보이는 주차장에 차가 없어 쓸쓸하지만 날씨는 참 좋다. 빨리 퇴원해서 좋은 날씨를 만끽하고 시원하고 신선한 공기를 마음껏 마시고 싶은 마음이 간절하다. 입원한 지 6일째다. 입원하고 거의 다음날부터 기침과 열이 나기 시작하더니 아직도 계속된다. 근육통과 오한, 입맛이 소실되는 증상도 계속되고 있다. 일주일 정도는 더 고생을 해야 할 것 같다.

　며칠째 잠도 잘 자지 못했다. 기침과 열 때문이다. 또한 근육통으로 온몸이 계속 아프다. 새벽에 핸드폰 알람이 울린다. 5시 20분이다. 몸의 열은 아직도 뜨겁다. 내가 스스로 체온을 재니 38.4℃다. 또 수건에 물을 묻혀 얼굴, 머리를 닦고 다시 목에 감는다. 위의 내의는

젖은 수건 때문에 흠뻑 젖었다. 그러나 시원하다. 조금이라도 열이 내린다면 계속 해야지. 병원 생활에 점점 지쳐간다. 금방 오한기가 와서 옷을 더 입으면 또다시 덥다. 도대체 어떻게 해야 하는지 모르겠다. 옷을 입어야 하는지 벗어야 하는지를. 그래도 운동을 좀 하려고 침대 옆을 거닐어보니 다리가 계속 아프다. 아직도 근육통 증세가 계속되고 있다. 제자리걷기를 하다가 다리가 주춤하기도 한다. 그러나 나의 면역력을 높이려면 운동을 계속해야 하기 때문에 제자리걸음 등은 멈출 수가 없다. 증세가 하나씩 둘씩 늘어가고 강도도 점점 강해진다. 그만큼 나의 고통도 점점 더해 가고 있다.

세수를 할 수가 없다. 피부가 아프다, 아니 따갑다. 머리를 감을 수도 없다. 얼굴과 머리 피부가 아파서다. 근육통이 심하면 피부도 따가운 증상을 느끼는 걸까? 먹지도 못하고 열도 나고, 근육통도 나고 정말 진퇴양난이라는 게 이럴 때 사용되나 보다. 정말 힘들고 괴롭다. 지금 내 몸에서는 코로나19 바이러스와 내 몸의 면역력이 제대로 한판 붙었나 보다. 지금 정말 괴롭고 힘든 시간이 며칠째 계속되고 있다.

5시 40분쯤에 간호사실에서 전화가 왔다. 어젯밤의 상태를 물어본다. 근육통도 심하고 기침도 많이 나고 열도 많이 난다고 했다. 밤에는 오한기가 있고 밥을 먹을 수 없다고 했더니 죽으로 주겠단다. 6시가 넘으니 간호사가 와서 체온을 잰다. 38.2℃다. 해열제를 먹으란다. "내가 새벽에 일어나서 체온을 재니 38.5℃이고, 수건에 물을 적

서서 얼굴도 닦고 목에 둘렀더니 좀 떨어진 것 같아요." 간호사에게 얘기를 하니 간호사는 "물수건으로 몸을 닦는 것이 열을 내리는 데 도움이 되요." 한다. 간호사가 체크한 것 중 열 이외에는 혈압, 산소 포화도 모두 정상이다. 간호사는 "이제 열만 내려가면 되는데요." 한다. 열만 내려가면 다른 증상이 줄어드나 보다.

계속되는 기침 때문인지는 몰라도 이제는 숨쉬기가 힘들다. 심호흡이 불가능하다. 얕은 쉼은 가능하지만 깊이 숨을 들이쉬려니 기침이 나와서 심호흡이 전혀 안 된다. 숨이 자꾸 가빠진다. 침대 밑에 있는 물건을 집으려고 허리를 구부리고 물건을 꺼내니 숨이 가빠서 침대 위에 앉아서 한참을 쉬어야 한다. 몸을 조금만 움직여도 숨이 가쁘다. 지금의 증세도 힘든데 또 숨쉬기 힘든 증세가 하나 더 생기는 건 아닌지 걱정이 된다. 심호흡이 불가능하니 숨이 차고, 힘들어 자꾸 침대 위에 눕게 된다. 이러다 계속 침대에 누워있어야 하는 건 아닐까? 걱정된다.

딸들이 필요한 물건이 있으면 배달해 주겠단다. 딸들은 나뿐만 아니라 어머니께도 필요한 걸 물어봤단다. 그리고 딸들은 나와 어머니의 상황을 카톡으로 주고받으며 치료에 유리한 제안들을 해 준다. 불면증으로 고생하시는 어머니를 위해 둘째 딸이 요구르트와 우유 등을 사서 청주의료원으로 다녀왔나 보다. 간호사실을 통해서 어머니 병실에 넣어드리니 어머니는 요구르트를 잘 드셨단다. 어머니는 구토 증세가 있는 중에도 요구르트는 유일하게 마실 수 있어서 한꺼번에 3개를 마시니 속이 시원하다고 하신다. 두 딸들이 서로 서로 환자인 나와 어머니의 상담도 해주고 필요한 물품도 공급해 주니 예쁘다.

아침에 죽이 왔다. 입맛이 없어서 죽으로 바꾸었더니 죽은 좀 먹기가 좋다. 그러나 입맛이 쓰기 때문에 역시 먹기는 힘들다. 그러나 많이 먹지 않으면 기운을 차릴 수가 없다고 생각하고 죽에 간장을 넣어 꾸역꾸역 먹었다. 구토가 나서 죽을 한 숟갈 입에 넣고 계속 씹어 물이 되면 넘긴다. 그렇게 하면 구토 증세가 좀 덜하다. 죽을 반도 먹지 못했지만 땀도 나고 시간도 한 시간이 걸렸다. 아침을 먹고 나서 열을 내리기 위해 수건에 물을 적셔 얼굴도 닦고, 배도 닦았다. 시원하다. 체온을 재니 37.7℃로 좀 내려갔다. 젖은 수건이 효과가 있었나 보다. 열이 계속 나니 정말 걱정이다. 해열제도 듣지 않는다. 입원할 때 36.3℃였는데 입원 후 열이 계속 오른다.

어젯밤에 맞은 해열제도 효과가 없나 보다. 열이 계속 안 떨어진다고 저녁 먹고 나니 간호사가 수액과 해열주사제를 준비해서 왔다. 수액은 체온을 떨어뜨리는 데 효과가 있다고 한다. 하여튼 이제는 체온이 좀 잡혔으면 좋겠다. 수액은 24시간 맞아야 한단다. 이제부터는 수액을 뗄 때까지 항상 팔에 수액 줄이 달려있어서 행동에 많은 불편함이 시작될 것 같다. 며칠 동안 수액을 맞아야 하는지도 모른다. 열이 떨어질 때까지겠지. 병실 환자 세 명 중에 나만 열이 떨어지질 않는다. 다른 환자들이 나를 애처롭게 보는 것 같다. 언제쯤 열이 떨어지려나 모르겠다. 수액을 맞아서 좀 열이 떨어지고 상태가 좀

좋아졌으면 좋겠다. 정말 코로나19를 온몸으로 체험하고 있다. 정말
힘든 시간이 계속되고 있다.

　가족 카톡에 수액과 해열주사제를 사진 찍어 올렸더니 두 딸들이
바로 연락 온다. 수액과 해열주사는 해열을 하는 데 큰 효과가 있으
니 이제 곧 체온이 떨어질 거라며 염려 말라고 한다. 간호사 경험이
많은 딸들이 있어서 상황에 따라 여러 가지 물어보기도 하고 치료하

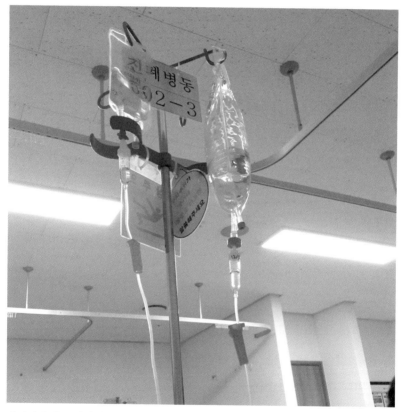

병실에서 맞은 해열제와 수액 주사

는 과정 등을 서로 상의할 수 있어서 참 좋다. 열이 계속 나면 물수건을 계속 사용하란다. 물수건으로 인하여 잠시라도 열이 떨어지면 환자한테는 그만큼 고통도 덜어진다고 한다. 나도 근육통으로 온몸이 아프지만 딸이 제안한 물수건 방법을 계속 사용하고 있다. 우리 병실의 다른 환자들은 코로나19의 고통이 없나 보다. 다들 밥도 잘 먹고 약도 안 먹고 수액도 달지 않는다. 그들이 부럽다.

청주의료원의 어머니와 통화했다. 어머니는 며칠간 잠을 주무시지 못해서 아주 힘들어하신다. 통화를 하는 동안에도 계속 힘들어하시는 것을 내가 느낄 정도다. 어떻게 해야 하나? 마음이 아파 정말 괴롭다. 어머니는 잠만 잘 주무시면 되는데…. 코로나19 병실에서는 환자의 보호자가 없기 때문에 수면제도 낙상의 우려가 있어서 투약이 불가하단다. 스스로 주무시려고 노력해 보시는 수밖에 없단다. 어머니와 통화하고 나니 괴로워 죽겠다. 내가 잘못해서 어머니에게 이런 고통을 드리는 것 같아서 정말 괴롭다. 지금 내 몸도 매우 힘들고 괴로운데 어머니 생각을 하니 더 괴롭다. 시간이 해결해 주겠지만 지금은 너무 힘들다. 오늘밤은 함께 꿀잠을 잘 수 있도록 노력해 보자고 모자가 약속했다.

계속 목이 마른 증세가 있어서 물을 자주 마신다. 또한 간호사들은 물을 많이 마시란다. 입안이 항상 쓰기 때문에 물을 마시지 않을 수가 없다. 하루에 2L 이상의 물을 마시는 것 같다. 이제는 옆에 충분한 물이 없으면 불안할 정도다. 물이 좀 부족하다고 생각될 때마다 간호사에게 물을 좀 달라고 부탁한다. 그러나 나는 물도 조금씩밖에는 마실 수 없다. 물도 많이 마시면 구토증세가 나타나기 때문이다. 조금씩 계속해서 마시고 있다. 힘든 생활이 계속되고 있다. 이런 생활이 언제 끝날까? 걱정이 점점 깊어진다.

아내한테서 전화가 왔다. "어제 많이 불편한 것 같았는데, 오늘은 좀 어때요?" 물어본다. 어제 증상을 그대로 얘기해서 반성했는데 오늘은 그러지 말아야지 하며 대답한다. "어제는 상태가 많이 좋지 않았는데 오늘은 많이 완화되었어요." 아내에게도 많이 걱정할까봐 거짓말했다. 아내는 나의 말의 뜻을 짐작한 듯하다. "코로나 증상은 많이 힘들고 며칠간 계속된대요. 항상 잘 드시고 조심하세요." 한다.

오늘도 한국의 코로나19 신규 확진자는 583명이다. 점점 늘고 있다. 정말 이러다 거리두기 3단계로 가서 국민들의 생활에 큰 불편이 생기지 않을까 걱정이다. 오늘 제천의 신규 확진자는 2명이다. 이제 제천에서 코로나19가 좀 진정되는 게 아닐까? 좋은 방향으로 생각해본다.

○ 어머니의 일기

손녀가 보내준 요구르트가 들어왔다. 다른 음식은 먹지를 못해도 요구르트는 마시니 넘어간다. 세 병을 연속해서 마시니 배 속까지 뻥 뚫리는 듯했다. 여전히 밥은 먹지 못하고 고생하는 중에도 시간은 흘러 며칠이 지났다. 간호사가 열이 많이 오른다고 해열제를 준다. 하나는 지금 드시고, 다음에는 먹으라고 할 때만 먹으란다. 처음 해열제를 먹으니 땀이 조금씩 나면서 잠도 좀 잘 수 있었는데, 그것도 며칠 만에 효과가 없는 듯하다.

고열과
오한

2020년 12월 6일(일)

입원하고 첫 일요일이다. 매일 매일 힘든 시간이 계속되고 있다. 기침도 멎지를 않고, 열은 안 떨어지고 무기력은 계속되고 정말 진퇴양난의 상황이 계속되고 있다. 잠도 잘 잘 수 없다. 열과 기침 그리고 마음이 불편해서다. 하루하루 지내는 것이 너무 힘들다. 오른팔에 달려있는 수액도 병원생활을 많이 불편하게 한다. 빨리 퇴원하고 싶다. 온몸이 정말 너무 아프고 숨쉬기도 힘드니 "정말 이러다 죽는 게 아닐까?" 하는 불길한 생각이 든다.

아침 5시 50분에 간호사가 와서 체온을 재니 38.1℃란다. 간호사는 아직 수액의 효과가 나타나지 않은 것 같단다. 오늘 먹을 약봉지를 준다. 해열제, 기침·가래약, 구토 억제제 등등. 오늘은 약봉지가 두툼하다. 진해 거담제 약도 있다. 매일 조금씩 약의 양이 점점 많아지고 있다. 간호사가 아침에 고열이 있으니 해열제를 지금 먹으란다. 어젯 밤에 달았던 수액을 새 것으로 교체해준다. 오늘 아침은 열이 38.1℃라고 하지만 내 스스로는 열이 있다고 느끼지 못하겠다. 좋아지고 있는 걸까?

6시 10분쯤 되니 간호사실에서 전화가 왔다. 계속 기침과 열이 나고 오한 증세와 근육통이 계속된다고 했다. 입맛이 없어서 식사를 하지 못하겠다고 하니 간호사는 그런 증상들이 코로나19의 대표적인 증상들이며 좀 지나면 증상이 완화될 거라며 나를 안심시킨다. 정말 조금 시간이 지나면 증상이 완화되는 걸까? 지금 간호사가 나를 안심시키려고 의도적으로 그런 것 같다. 지금 나는 너무 힘들어서 정말 이러다 죽을 수도 있겠다는 생각을 계속하게 된다. 몸과 마음이 완전히 무너졌다. 간호사와 통화하는 동안에도 계속 기침이 나와서 통화하기가 힘들다. 몸이 너무 힘드니 '죽음'이라는 단어가 자꾸 생각나니 겁이 난다.

'생로병사'란 말이 생각난다. 사람들이 죽기 전에 병이 든다고 했다. 병이 깊어져서 죽음에 이른다는 말인가 보다. 아버지도 돌아가시기 전에 병이 심했다. 지금 나의 상황이 '생로병사'의 '병'의 위치에 있는 건 아닐까? 다음은 죽음이란 말일까? '죽음'이라는 생각이 자꾸 들면서 이런 생각이 뇌리를 스친다. 그럼 청주의료원에서 투병하고 계시는 어머니가 퇴원하시면 누가 간병한단 말인가? 아니! 나는 젊으

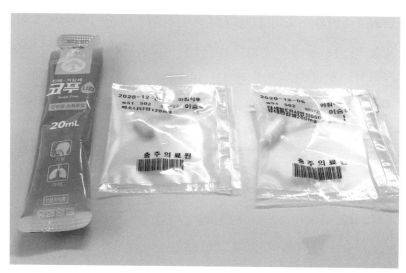
병원에서 새롭게 지급받은 복용약

니 생로병사의 '병'은 아니고 잠시 느끼는 고통일 뿐일 거야! 스스로 위안을 해본다.

누나와 동생, 이모님이 전화 왔다. 모두 내가 많이 걱정되나 보다. 계속 기침이 나와서, 통화를 오래 할 수가 없다. 모두 내가 기침 때문에 통화가 힘든 상황이 안타까운 모양이다. 모두 나와 어머니의 빠른 완쾌를 기대하지만 코로나19가 계속 협조를 해주지 않는다. 걱정해주는 전화도 고맙지만 통화를 하기가 힘들 정도로 기침이 나고 온몸이 아프니 모든 게 귀찮다.

어머니한테서 카톡이 왔다. 어젯밤에는 좀 주무셨단다. 듣던 소리

중 최고로 반가운 소리다. 정말 다행이다. 그런데 어머니는 해열제도 잘 들고, 별도의 증세가 없다고 하신다. 그냥 잠만 주무시기만 하면 좋겠단다. 어머니도 내가 걱정할까봐 증세를 약하게 말씀하시는 건 아닐까? 그래도 이제 병원 생활에 어머니가 좀 익숙해지신 것 같으니, 계속 음식도 잘 드시고 주무셨으면 좋겠다.

7시에 아침 식사로 죽이 왔다. 입맛이 없으니 먹고 싶은 생각이 전혀 없다. 아침을 그냥 테이블 위에 가만 둔다. 30여 분 지난 후에도 아침을 먹을 수가 없을 것 같아서 그냥 쓰레기통에 버리고 싶다. 그러나 자가 면역력을 높이려면 억지로라도 먹어야 한다. 죽을 조금 먹으니 구역질이 또 난다. 입에 죽을 한 입 넣고 물을 마신다. 겨우 겨우 먹었다. 반찬은 먹지 않고, 국과 죽만 1/3 정도 먹었다. 후식으로 나오는 조그만 요구르트로 상쾌함을 느낀다. 이상하게 요구르트는 먹기 괜찮다. 음식을 먹을 수가 없으니 힘도 없고 사람이 기진맥진한다. 모든 게 귀찮다. 언제까지 이런 생활이 계속될지 걱정이 많이 된다.

아침을 먹고 샤워를 했다. 팔에 수액 줄이 걸려 있어서 샤워하기가 불편하지만 기분전환도 할 겸 샤워하고 나오니 기분은 좋아진다. 샤워 후, 체온을 재니 36.9℃다. 갑자기 기분이 좋아진다. 정상이다. 물로 온몸을 적시며 열을 식혔으니 당연히 열이 떨어지는 것 같다. 잠시 일시적인 건지 아니면 정말 체온이 정상으로 돌아온 건지 모르겠다. 기분이 좋아서 사진을 찍어서 보니 내 얼굴이 벌겋다. 좀 더 지켜

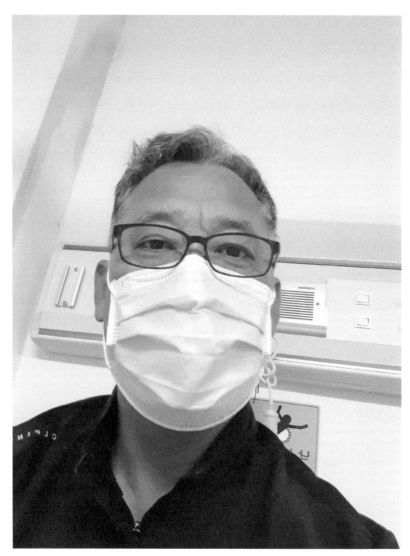

오랜만의 샤워 후 모습

봐야겠다. 조금 있으니 또 춥다. 이불을 푹 덮고 자고 있는데 누군가가 나를 깨운다. 자주 나의 체온과 산소포화도 등을 재는 간호사다. 체온을 재더니 38℃라고 하며, 간호사는 "수액을 달았는데도 아직 계속 열이 있네요. 곧 수액의 효과가 나타날 거예요." 하며 나를 안심시킨다. 정말 열이 떨어질 수 있는 걸까? 간호사 말을 믿어도 될까?

오늘 점심도 억지로 죽을 먹었다. 정말 살기 위해 먹는 게 맞는 표현인 것 같다. 식사가 이렇게 힘든 일인 줄은 정말 몰랐다. 음료수로 사이다가 나왔다. 평소에 잘 먹지 않던 탄산음료가 기분전환을 할 수 있을지를 기대하며 좀 마셔보니, 영 사이다 맛이 아니다. 미각이 떨어졌으니 당연히 사이다 맛을 느낄 수 없지. 뭐든지 좀 먹어야 면역력에 도움이 될 텐데, 뭘 먹어야 한단 말인가. 조금이지만 점심을 억지로 먹고 나니 속이 불편하다. 침대에 누워 좀 안정을 취하고 싶다. 침대에 누워 눈만 얼뚱 멀뚱 뜨고 있는데 몸에서는 고열을 느낀다. 목에서는 쓴 물이 계속 올라온다. 계속 물을 마신다. 벌써 며칠째 하루에 2L 이상씩을 계속 마시는 것 같다.

5시가 되니 간호사가 저녁식사를 가지고 온다. 식사 시간이 너무 자주 오는 것 같다. 거의 10분마다 오는 느낌이다. 간호사는 나의 체온과 산소포화도, 맥박 등을 잰다. 체온은 38℃다. 해열제도 먹고 수액도 달았으나 열이 떨어질 줄 모른다. 지금 저녁식사가 왔으니 저녁식사를 하고 병원에서 준 약을 먹으란다. 해열제도 당연히 들어있다. 또 먹어야 한다. 음식의 냄새를 맡을 수가 없다. 죽도 몇 스푼 먹으면 구역질이 계속 난다. 죽을 입어 넣고 물을 마시기를 반복한다. 국은 국물만 마신다. 그래도 이번에는 죽은 다 먹었다. 죽 먹기도 이렇게 힘든지 처음 알았다. 죽을 다 먹으니 속이 더부룩하다. 안 먹을 수는 없고 먹으면 속이 더부룩하고…. 먹어야 하는 건지 먹지 말아야 하는 건지 도대체 모르겠다. 오늘 저녁에 먹는 약을 저녁 직후에 먹으라고 해서 먹었다. 오늘밤은 한기도 느끼지 않고, 열도 기침도 나지 않아서 잘 잤으면 좋겠다.

저녁을 먹고 나니 잠이 쏟아진다. 자는 중간에 간호사가 온 것 같은데 정신이 없어서 모르겠다. 계속되는 고열 때문에 내가 잠시 기절을 한 것 같다. 아마 평소처럼 간호사가 와서 체온과 산소포화도 등을 측정해 갔을 것 같다. 이제는 정신도 몽롱한 것일까? 지금 온몸이 너무 아프고 괴로우니 "이러다 죽을 수도 있겠다. 이러다 죽으면 어떡하지?"라는 생각이 자꾸 든다. 온몸이 아프고 괴로우면 극단적인 생각을 자꾸 하게 되나 보다. 이제는 코로나19의 심한 증세로 몸과 마음이 완전히 망가져서 인생 마지막 생각이 자꾸 난다. 잠을 자는 건지 기절하는 건지 잘 모르겠지만 오늘 밤은 통증을 느끼지 않고 잠도 잘 잤으면 좋겠다. 그렇게 되기를 간절히 또 기도해 본다.

2년 전에 아버지가 병원에서 돌아가실 때 생각이 난다. 통증이 심해서 괴로워하는 모습이 눈에 선하다. 혹시 지금의 내 모습이 이런 모습과 비슷하지 않을까? 대부분 사람들은 인생을 마무리할 때, 극한 고통이 온다는데 혹시 지금 내가 그런 고통을 느끼는 건 아닐까? 고열, 근육통, 호흡곤란, 기침 등 코로나19의 모든 증세가 한꺼번에 나를 덮치고 있다. 정신도 몽롱하다. 지금 이 순간이 너무 아프고 힘드니, 정말 이러다 이곳에서 인생을 마무리하는 건 아닐까? 걱정 또 걱정이다.

지나 온 과거들이 파노라마처럼 머릿속을 스쳐 지나간다. 60년 전 아버지와 어머니의 장남으로 태어나서 모두의 사랑을 받으며 자랐고 행복한 생활이었다. 대학을 졸업하고 직장을 다니며 부모님께 자랑스러운 아들이기도 했다. 결혼을 하며 아내와 행복한 가정을 만들었다. 일본에서 공부할 때, 환갑이 되신 아버지와 어머니를 모시고 열흘간의 일본 여행은 정말 행복했다. 부모님과의 세계여행도 참 좋았다. 몇 년 전 투병 중이신 아버지를 모시고 했던 추억여행도 잊을 수 없다. 아이들과 함께한 국내 여행들, 해외여행들도 정말 행복한 시간이었다. 안식년 때, 아내와의 필리핀 생활도 너무 행복했다. 이제 그런 행복한 시간들을 코로나19로 인하여 더 이상 느끼지 못하는 걸까? 정말 여기서 이대로 나의 생활을 마무리하는 걸까?

오늘도 한국의 코로나19 신규 확진자는 631명이다. 자꾸 늘어난다. 유튜브로 보는 TV뉴스는 온통 코로나19 신규확진자의 증가 소식뿐이다. 오늘 제천은 신규 확진자가 4명이다. 이제 제천은 코로나가 진정되고 있는 것일까? 조금 희망을 가지지만 아직도 좀 더 지켜봐야할 것 같다.

가족들과 함께했던 행복한 여행

증상
감소

2020년 12월 7일(월)

어제의 기도가 효과가 있었는지 어젯밤 7시 반쯤부터 잠을 자기 시작하여 새벽 5시까지 잤다. 입원하고 일주일 만에 가장 잘 잔 것 같다. 기분도 참 좋다. 이제는 상태가 좀 좋아지려는가 싶다. 5시 반이 되어 간호사가 와서 체온과 혈압 등을 잰다. 체온이 36.7℃다. "이제 열이 많이 떨어졌네요. 수액의 효과가 나타나네요." 간호사가 말한다. "모든 게 다 간호사님 덕분입니다." 하니 간호사가 웃는다. 이제 내가 정말 열이 많이 떨어진 것 같아서 기분이 참 좋다. 다만 지금의 체온이 일시적이지 않고 계속 유지되었으면 좋겠다. 이어서 간호사실에서 전화가 온다. 어젯밤의 상태를 물어본다. 계속 잠을 잤고, 가래는 없고 기침은 조금씩 있다고 했다. 어젯밤 이상하게 그동안 나를 고통스럽게 했던 근육통은 좀 사라진 것 같다고 했다. 체온은 방금 다른 간호사가 쟀고 36.7℃라고 하니 이제는 조금씩 안정되는 거란다. 수액의 효과로 열이 많이 떨어졌다고 한다. 다행이다. 오늘 아침 먹고 X-ray 사진촬영이 예정되어 있단다. 코로나19는 급성폐렴을 몰고 오는 병이라서 X-ray를 자주 찍어 폐의 상태를 확인하나 보다. 나는 기침이 계속 나니 더욱 더 자주 확인을 해야 하는 것 같다.

7시에 아침이 들어왔다. 아직도 입맛은 없어서 아침을 전혀 먹을 수가 없다. 그냥 쓰레기통에 버리고 싶다. 아침이 와도 본 체 만 체 30여 분을 테이블 위에 그대로 둔다. 그래도 자가 면역력을 높여야 하기에 억지로 국과 죽만 반 정도 먹었다. 조금만 먹는데도 땀이 난다. 아직도 먹는 게 너무 힘들어서 걱정이 태산이다. 먹지 못하면 큰 일인데…. 청주의료원에 계시는 어머니한테는 다 먹은 것처럼 죽그릇과 국그릇을 비우고 찍은 사진을 보냈다. 어머니는 내가 다 먹은 것으로 생각하셔서 "죽그릇 비웠구나. 고맙다. 열은 내렸어?" 하시며 당신보다 오히려 아들 걱정뿐이시다. 이렇게 어머니께 거짓말해도 되는지 모르겠다.

어머니와 카톡을 나누면서 서로 투병 의지를 다졌다

7시 50분이 되니 기사 두 명이 X-ray 기기를 밀며 병실로 들어온다. 이 병실의 환자 3명 모두 X-ray를 찍었다. 나는 3일마다 X-ray를 찍는 셈이다. 오늘 오전의 컨디션은 좀 좋아졌다. 오전에는 제자리걸음 1,000보 정도를 했다. 이젠 다리의 근육통도 좀 없어진 듯하고 걷기도 좀 좋아졌다. 스스로 체온을 재보니 37.2℃이다. 열이 떨어지니 컨디션이 좋아지고 있다. 다만 일시적인 것인지는 잘 모르겠다. 간호사는 현재는 3일째 맞고 있는 수액과 해열제로 열이 떨어지고 있으나, 이제부터는 내 몸 스스로가 체온조절이 가능해야 한단다. 수액을 맞으니 화장실을 자주 가게 되고 하루 종일 수액줄이 달려있어서 생활하는 데 많이 불편하다.

아직도 아침, 점심, 저녁에 먹는 약이 많다. 정말 열이 내린 걸까? 의심도 해 본다. 이제 열이 내려서 컨디션이 조금 좋아졌다고는 하나, 이 모든 것이 약의 효과가 아닐까? 약물의 도움 없이도 체온조절이 가능해야 하는데…. 빨리 가능해질 수 있을까? 내가 할 수 있는 일은 긍정적인 생각과 조금씩 운동하고 식사를 잘 하는 것뿐이다. "빨리 입맛이 돌아와서 식사를 잘 할 수 있는 것이 참 중요한데, 언제쯤 정상적으로 식사를 할 수 있을까?"를 생각해 본다. 내 몸의 면역력을 키우는 게 빨리 코로나19를 퇴치할 수 있는 길이기 때문이다.

현재의 컨디션을 아내와 자녀들 카톡에 올리니 모두 좋아한다. 병실에서 필요한 물건들을 큰딸이 오늘 보내겠다며 필요한 걸 묻는다. 입맛이 없으니 커피를 보내겠단다. 그러나 이곳 병실에는 커피포트도 없다. 다만 페트병에 물이 있으니 종이컵과 커피, 그리고 입맛이 없으니 요구르트를 좀 보내라고 했다. 그래도 가족들이 있어서 큰 위안이 된다. 아내와 통화했다. 아내는 본인도 자가격리되어 있으면서도 온통 신랑 걱정뿐이다. 가족의 소중함이 다시 크게 느껴진다. "가족이 최고다."

청주의료원의 어머니와 카톡을 했다. 어머니는 어젯밤도 잘 주무시지 못했단다. 어머니는 신경이 참 예민하시기 때문에 환경이 바뀌면 잘 주무시질 못하시는데 계속 매일 밤 숙면을 취하기 힘들어하신다. 정말 큰일 났다. 어떤 때는 좀 주무시지만 어떤 때는 전혀 주무시지 못하신다. 어머니가 아직 병원생활에 익숙해지시지 못하는 것일까? 걱정 또 걱정이다. 그래도 식사는 잘 하셨다고 하시니 그나마 다행이다. 내가 어머니와 통화하거나 카톡을 할 때는 많이 좋아진 것처럼 하듯이, 어머니도 식사를 잘 못하시는데 아들이 걱정할까봐 잘 하셨다고 하시는지 모르겠다. 어머니도 어젯밤 나처럼 정신없이 주무시면 좋으련만. 하여튼 나와 어머니도 무사히 병원에서 건강한 모습으로 퇴원하길 기원해 본다.

11시에 과장님이 오셨다. 아침에 찍은 X-ray는 문제가 없다고 한다. 나는 계속되는 기침 때문에 X-ray 결과를 많이 걱정했는데 그래도 천만 다행이다. 나는 현재 열이 떨어지고 있지만 아직 계속 지켜봐야 한단다. 계속 열이 떨어지고 증세가 좋아지면 코로나19 검사를 하겠다고 한다. 다른 환자에게도 증상들이 많이 좋아졌으니 모두 함께 이번 주 코로나19 검사를 받도록 하잔다. 이제 과장님이 희망적인 얘기를 자꾸 해 주신다. 과장님의 희망적인 표현들이 이곳 병실에 있는 환자들에게는 큰 힘이 된다. 나를 비롯한 이 병실의 환자 모두 힘든 코로나19 증세들이 좋아져서 빨리 퇴원했으면 좋겠다.

오늘부터 열이 많이 내려가니 몸도 많이 가벼워졌고, 희망도 생긴다. 어젯밤이 나에게는 고비였나보다. 지금까지 약과 수액의 도움을 받았기 때문이다. 언제 약을 끊을지는 과장님이 판단하시겠지만, 나는 지금이라도 약을 끊어 보고 싶다. 내가 너무 성급한 것일까? 그러나 아직도 밥은 먹기가 힘들다. 미각과 후각의 기능이 너무 많이 상실된 듯하다. 하루 세 끼의 식사도 없는 밥맛과 구토증세로 제대로 못 하고 있으니 힘을 전혀 쓸 수가 없다. 뭐라도 좀 먹어야 하는데 구토증세와 함께 입맛이 없으니 전혀 먹을 수 없다. 걱정이 많이 된다. 12시에 간호사가 점심을 가져다주지만 전혀 먹을 생각이 없다. 그래도 힘내서 조금이라도 먹어본다. 계속 입맛은 없고 조금이라도 먹으면 구토증세가 난다. 점심으로 죽을 1/3 정도 먹는데 땀도 나고 30분이 걸린다. 좀 부담 없이 음식을 먹을 수 있는 좋은 방법은 없을까?

비록 약물의 도움을 받고 있긴 하지만 열이 좀 내려서 상태가 좀 좋아지고 있으니 병실 내에서 운동을 다시 시작했다. 오늘은 1,500보 정도의 제자리걸음 걷기가 목표다. 며칠 동안 먹지도 못하고 온몸이 많이 힘들어서인지 제자리걸음도 힘들어서 땀이 많이 난다. 계속 무기력해지는 몸에 좀 활기를 불어넣어 보려고 노력하지만 몸이 내 맘대로 잘 되지 않는다. 내 몸의 면역력에 도움을 주기 위해서 힘들지 않을 만큼만이라도 운동은 계속해야겠다. 옛 어른들이 하신 말씀이 생각난다. "계속 움직여야지, 움직이지 않으면 죽는다." 어제 죽음까지 생각했었지만 이제 열이 내려가니 좀 살 것 같다. 내가 좀 경솔했던 건 아닌지?

저녁식사 전에 간호사가 와서 체온을 재니 37.4℃다. 아직도 열이 조금 있지만 수액과 해열제 덕분으로 이젠 열이 많이 잡힌 상태다. 간호사도 나의 열이 많이 내려서 상태가 많이 좋아졌단다. 간호사는 나에게 "코로나19는 고열이 가장 중요한 증상입니다. 일단 열이 내리면 조금씩 조금씩 다른 증상들도 좋아져요. 지금 열이 많이 내렸으니 다른 증상들도 곧 사라질 거예요." 한다. 고글 너머로 눈만 보이지만 지금 이 순간은 간호사가 엄청 예뻐 보인다. 아직도 수액을 달고 있기는 하지만 정말 열이 내리니 나도 기분이 좋고 좀 살 것 같다. 오늘은 기침도 많이 잦아들었다. 이제 회복이 되고 있는 걸까? 모든 걸 좋게 생각해 보자.

5시에 간호사가 저녁을 가지고 병실로 들어온다. '점심 먹은 지 한 시간도 되지 않았는데 또 식사야!' 혼자 중얼거려 보지만 시간은 정확히 5시가 넘어 저녁시간이다. 요즘은 식사시간이 제일 겁난다. 예쁘고 친절한 간호사지만 식사를 가지고 들어올 때는 미워 보인다. 저녁을 어떻게 먹지? 또 고민이 생긴다. 면역력을 위해 안 먹을 수는 없고 먹자니 구토증세로 속이 울렁거리고⋯. 먹을 수 없으니 도대체 힘을 쓸 수가 없다. 게다가 며칠째 대변이 안 나온다. 먹은 게 있어야 대변이 나오지…. 고민하다가 30분이 지나 다시 먹기를 시도해 본다. 조금씩 계속 씹어서 먹기도 하고 죽 한 숟갈 입에 넣고 물과 함께 마시기도 하고, 나의 면역력이 코로나19를 극복하기 위해서 애쓰는데 나도 적극 협조해야지. 여러 가지 방법을 동원해서 조금씩이라도 먹는다. 앞 침대에 있는 환자는 식사시간이 즐거운 듯, 너무도 잘 먹는다. 얄밉기도 하고 부럽기도 하다.

저녁 8시 반에 간호사가 병실로 들어와서 체온을 잰다. 체온은 37.2℃다. "열이 많이 떨어졌어요." 한다. 하루에도 몇 번씩 재는 체온에 신경이 많이 쓰인다. 오늘 하루 여러 번 잰 체온은 아직 조금 높기는 하지만 계속 정상을 유지하고 있다. 며칠 동안 떨어지지 않던 열이 떨어지니 일단 살 것 같은 생각이 자꾸 든다. 나는 코로나19의 주된 증상이 열이라는 것을 온몸으로 체험했다. 이제 내 몸이 정상체온을 유지하는 일만 남았다. 어느 정도 정상체온을 유지하면 약을 끊고 정상체온을 유지해야 하지만 아직은 약에 의존해서라도 계속 정상체온을 유지했으면 좋겠다. 이젠 고열에 대한 겁이 많아진 것 같다.

아내로부터 전화가 왔다. 온통 내 걱정뿐이다. 지금 상태가 어떠냐고 물어본다. 어젯밤을 계기로 비록 약의 도움을 받지만 열이 많이 떨어져서 기분과 상태가 좋아지고 있다고 하니 아내는 다행스럽단다. 그러나 아직도 음식을 먹지 못한다는 소리에는 또 걱정을 한다.

그리고 아내는 지난 며칠 동안 소독한 빨래를 하느라 많이 힘들었다고는 하지만 나의 투병생활에 비할 수 없다며 나를 위로한다. 아내의 존재에 감사함을 느낀다.

병실에서 함께 입원하고 있는 환자들과의 얘기는 거의 없다. 모두 코로나19로 몸과 마음에 큰 상처를 입었기 때문이다. 우리는 서로 직장이 어딘지, 어떤 일을 하는지 잘 모른다. 그냥 동일한 병실에 입원한 환자다. 만일 장·차관이나 국회의원, 대통령이라고 해도 병 앞에서의 환자는 같은 것 같다. 어떤 지위에 있건, 어떤 일을 하건 병 앞에서는 모두 약한 환자일 뿐이다. 젊어서 활동하는 동안에 좀 더 지위가 높다고, 돈이 더 많다고 우쭐댈 필요가 없을 것 같다. 인생을 마무리하는 병 앞에서는 모두 똑같음을 느낀다. 살아있는 동안 이웃을 사랑하는 것이 잘 사는 길이 아닐까 생각이 든다. 입원하고 힘든 투병생활을 하며 많이 느끼고 있다.

오늘도 한국의 코로나19 신규 확진자는 615명이다. 계속 매일 신규 확진자가 600명을 넘고 있다. 이러다 정말 코로나19 3차 대유행이 시작되는 건 아닌가 걱정이 된다. TV뉴스는 온통 3차 대유행이 시작되었다는 보도를 쏟아내고 있다. 오늘 제천의 신규 확진자는 5명이라고 하니 며칠 동안 확실히 제천에서는 안정세인 것 같다. 대한민국도 제천도 빨리 코로나19로부터 안정적인 상태가 되었으면 좋겠다.

미각 상실, 택배

2020년 12월 8일 (화)

코로나19 확진 10일째, 입원 9일째다. 창밖으로 보이는 날씨는 정말 화창하다. 빨리 나가서 신선한 공기를 맘껏 마시고 자연을 마음껏 즐기고 싶다. 그러나 코로나19 병실에 감금되어 있는 나는 그럴 자유가 없다. 음압병실에서 마시는 공기보다 자연의 신선한 공기를 그대로 마시고 싶다. 코로나19로 인해서 병원에 입원하면서 자유를 빼앗기고 나니 그동안 내가 느낀 자유가 얼마나 고마운 것인지를 생각하게 된다. 코로나19가 나의 마음을 많이 가르치고 있는 듯하다.

그동안 나의 몸과 마음이 많이 붕괴되었다. 내가 코로나19에 확진이 되었다는 사실이 매우 두렵고 힘든 일이고, 더욱이 그 무서운 코로나19가 나로 인해 연로하신 어머니께 전염되었다는 사실이 더욱 더 내 맘을 아프게 한다. 정말 괴롭다. 이런 불효자가 어디 있을까? 하는 생각이 계속 든다. 이런저런 생각에 맘이 복잡하니 병원에서도 편히 잠을 잘 수가 없다. 나의 몸은 점점 지쳐가고 힘들어간다. 몸은 처음 대하는 코로나19에 큰 반응을 보이고 있다. 기침과 가래, 열, 근육통 등 동반되는 증세도 참 많다. 지난주에는 열이 내리지 않아서 완전 기절 상태에까지 갔고 약과 주사제 그리고 수액 등으로 이번 주 들면서 조금씩 효과를 보이고 있다. 아직 언제 퇴원할 수 있을지는 모르겠지만 빨리 증세가 좋아졌으면 좋겠다는 생각이 내 머릿속을 떠나지 않는다. 이제부터는 빨리 퇴원하는 게 목표다.

새벽 5시 반에 간호사가 와서 체온을 재니 36.4℃다. 열이 많이 떨어져서 이제 정상체온이 되었단다. 그러나 간호사는 지금 약과 수액으로 열이 떨어졌으나, 이제부터는 스스로 체온조절이 되어야 한다고 하며, 새로운 수액을 갈아준다. 이제는 체온이 정상으로 가는가 보다. 이제 희망이 조금씩 생기기 시작한다. '이러다 죽을 수도 있겠다는 생각'에서 이제는 '퇴원이 보인다.'는 생각으로 바뀌고 있다. 참 다행이다. 어젯밤은 비교적 잘 잤다. 간호사실에서 전화가 와서 어젯밤의 상태와 증세를 물어본다. 어젯밤은 잘 잤고 아직도 기침이 조금씩 나고 목도 간질거린다고 했더니 물을 많이 마시고 심호흡도 하고 운동도 하란다.

9시에 코로나19 검사요원 두 명이 병실로 들어와서 나와 함께 입원한 다른 침대의 환자만 코로나19 검사를 해 간다. 그는 나보다 10

년이나 젊은 50대 환자라서 회복이 빠른 건가? 그는 식사시간에는 식사를 잘해서 나의 부러움과 얄미움의 대상이기도 하지만 식사를 잘하니 코로나19를 잘 극복하고 있는 듯하다. 그는 코로나19 검사의 결과가 음성이 나오면 퇴원할 것 같단다. 나는 아직 증세가 많이 남아서 고생하고 있는데 부럽기도 하다. 하여튼 나도 이번 주 상태를 봐서 코로나19 검사를 한다고 하니 기다려 봐야겠다. 그러나 지금 당장은 나는 아직도 코로나19 증세가 많이 남아 있어서 검사를 받아도 양성이 나올 것 같다.

점심이 왔는데 점심을 먹고 싶은 생각이 전혀 없다. 평생 음식을 앞에 놓고 기다려보기는 요즘이 처음이다. 한 시간을 버티다가 오후 한 시에 도시락을 열어본다. 죽 한 그릇 먹는 것도 너무 힘들다. 정말 힘들다. 죽 한 그릇 먹는 게 이렇게 힘들 줄 몰랐다. 땀이 난다. 또 배 속에 음식이 들어가니 속이 불편하다. 먹어야 힘이 난다고 생각하며 억지로 한 그릇을 비우니 너무 힘이 들어 그대로 침대에 드러눕는다. 열이 좀 떨어지니 이젠 식사시간이 제일 힘들다. 식사 직후에 먹어야 하는 약도 좀 쉬었다 먹어야겠다. 도저히 약을 먹을 수가 없다. 이젠 점점 더 먹는 게 고통스럽게 느껴진다.

간호사실에서 전화가 왔다. 큰딸이 보내준 택배가 도착한 모양이다. 입맛이 없어서 요구르트를 좀 보내라고 했더니 요구르트와 비타민 드링크, 그리고 필요한 마스크, 커피, 쿠션 베개를 보내 왔단다. 그런데 간호사실에서 요구르트와 비타민 드링크는 반입금지란다. 음식을 먹을 수 없어서 요구르트를 보내라고 했는데 반입금지라니…. "입맛이 없어서 딸한테 요구르트를 좀 보내라고 했는데, 요구르트만이라도 병실로 보내주시면 안 되나요?" 하며 간호사에게 간곡히 부탁을 했더니 택배 물건은 불가하고 식당에서 식사할 때 요구르트를 첨부해서 주도록 부탁하겠단다. 나머지는 반입이 된다는데 오후 4시가 넘었는데도 불구하고 아직 도착하지 않았다. 택배물품이 기다려진다. 오후 늦게 반입 금지 품목을 제외하고 택배 물건을 가져다준다. 쿠션 베개, 커피 그리고 종이컵 등이다. 받은 기념으로 커피를 먹어보면 입맛이 돌아올지도 모른다는 생각에 커피를 먹어보니 입맛이 더 쓰다. 쓴맛은 좀 느낄 수 있는 게 이상하다.

딸들이 택배로 보내 준 쿠션과 기타 물건

딸들이 택배로 보내 준 커피를 먹었다

낮에는 침대 위에서 주로 유튜브를 본다. 오늘 본 유튜브에는 그동안 한국에서 확진자들의 힘든 모습들이 나온다. 확진이 되고 난후, 병원 이송과정 그리고 치료 과정들을 잘 설명하고 있다. 나의 상황과 많이 비교가 되기도 하고 위안이 되기도 한다. 참 다양한 모습들이다. 증세들도 참 다양하다. 병실에서도 인터넷을 통하여 코로나19와 관련된 정보 검색도 가능하니 세상이 참 좋기는 하다. 또한 코로나19에 대해서도 많이 알게 되었고 질병관리본부에서 제공하는 자료들도 많이 보고 이해하게 되었다.

오후 5시가 되니 간호사가 와서 체온을 잰다. 체온이 36.7℃다. 이제 체온은 정상으로 돌아왔다. 산소포화도 및 혈압 등도 모두 정상이다. 간호사에게 배 속이 아직도 더부룩하다고 얘기했더니 운동을 좀해 보란다. 계속 그런 증세가 나타나면 또 약을 주겠단다. 이곳 의료진들 참 대단하다. 코로나에 걸린 환자들이라서 만나서 얘기하기가 많이 두려울 텐데도 모든 환자들에게 참 친절하게 잘 대해 주신다. 그들에게 항상 감사한 마음을 가진다. 정말 대단한 분들이다. 환자들에게 직접 희망을 주는 분들이다. 그들을 정말 존경한다.

저녁이 왔는데 저녁 먹기가 싫다. 아니 먹을 수가 없다. 한 시간이 지나고 도시락을 열어보니 요구르트와 귤이 하나씩 있다. 요구르트와 귤이 이렇게 반가울 수가 없다. 요구르트는 간호사가 식당에 특별히 주문했나보다. 감사하다. 반찬은 뭐가 있는지 보지도 않는다. 저녁을 먹어야 약을 먹을 수 있을 텐데 정말 먹을 수가 없다. 죽 한 숟갈 입에 넣고 물을 마신다. 이렇게라도 먹어야 하기에 천천히 죽 한 입, 물 한 입 하며 죽을 먹었다. 죽을 반쯤 먹었다. 아직도 죽이 들어가면 속에서 울렁거려 받아들이질 않는다. 속이 불편하다. 오늘 저녁은 죽 반 그릇으로 끝냈다. 죽 반 그릇 먹는데도 땀이 많이 나고 힘이 든다. 그러나 함께 들어온 요구르트와 귤은 먹을 수 있을 것 같다. 요구르트와 귤을 먹으니 그래도 좀 낫다. 식사하기가 힘들고 속이 울렁거려서 식후에 먹어야 하는 약을 지금 도저히 먹을 수가 없다. 그대로 침대 위에 누워 좀 속이 좀 안정된 다음에 약을 먹었다. 식사하기도 약 먹기도 참 힘들다. 언제 입맛이 돌아와서 정상적으로 식사를 할 수 있을까? 정상적으로 식사할 수 있는 것도 참 행복한 일인데 난

병원에서 제공해 준 요구르트와 귤

그동안 이런 행복을 느끼지 못했으니….

저녁식사 후 속이 더부룩하다. 음식만 먹으면 계속 속이 불편하다. 간호사가 운동을 하면 좀 좋아진다고 해서 제자리걸음을 해 보지만 효과가 없다. 구역질이 계속 나지는 않고, 증세가 있다가 없어지고를 반복한다. 먹지를 못하니 힘이 없어서 정말 견디기가 힘들다. 조금이라도 움직이면 힘들어서 침대에 눕고 싶다. 몸에 에너지가 부족해서 그런 걸까? 뭐든지 좀 먹어야 면역력이 생길 텐데 걱정이다. 구토를 하지 않고 잘 먹을 수 있는 방법은 없을까? 그래도 오늘밤을 좀 버텨보면 내일은 좀 좋아지겠지. 억지로 희망을 가져본다. 계속 먹지 못하는데도 배가 고프지 않다. 참 이상하다.

어머니와 카톡을 했다. 어머니도 열이 계속 나서 오늘 해열주사를 맞고 폐렴의 우려로 인하여 X-ray를 찍었다고 하신다. 어젯밤에는 좀 주무셨다고 하니 다행이다. 내가 경험해 본 바로는 열이 계속 나면 사람이 기진맥진하는데 어머니도 열이 난다고 하니 연로하신 어머니가 고열로 고생을 하시지나 않을까 걱정 또 걱정이다. 다행히 어머니는 해열제나 해열주사는 곧바로 효과가 있어서 열이 떨어진다고 하신다. 어머니도 오늘 찍은 X-ray 결과가 좋아야 할텐데…. 빨리 어머니도 증세가 좋아지셨으면 좋겠다. 각각 다른 병원에 입원해 있지만 어머니와 아들은 서로를 걱정한다.

(주)S사의 대표님이 전화하셨다. 증세가 좋아지고 있냐고 물어본

다. 덕분에 열이 내려서 상태가 좀 좋아졌으나 입맛 감소, 구토 증세, 기침 등이 아직 나를 계속 괴롭힌다고 했더니, 걱정을 하신다. 회사일을 걱정 말고 빨리 완쾌되기를 기원해 주신다. 나를 배려하고 걱정해 주시는 대표님이 감사하다. 나에게 코로나19를 전염시킨 사무실 사장님도 전화하셨다. 좀 어떠냐고 물으신다. 본인도 충북대 병원에서 힘들게 투병생활 하고 있는 중에서도 나에게 전화해 주신다. 처음에는 좀 미웠는데 지금은 별로 밉지 않다. 사장님도 빨리 증세가 좋아져서 퇴원하기를 간절히 기도해 본다. 건강하게 퇴원하여 제천서 만나자고 했다.

오늘도 한국의 코로나19 신규 확진자는 592명이다. 매일 500~600명대를 오락가락하고 있다. 확진자의 수가 꺾일 줄 모른다. 제천의 신규 확진자는 14명으로 다시 급증했다고 한다. 조금 제천이 안정되는가 싶었는데 나의 판단이 좀 성급했나 보다. 김장모임으로 시작된 제천의 신규 코로나19 환자는 2차, 3차 전염을 거치며 계속 늘어나고 있다. 언제나 전국 그리고 제천의 코로나19 확산 증세가 꺾일까? 심히 걱정된다.

○ 어머니의 일기

먹으면 구토를 하니 먹을 수가 없다. 저녁을 먹지 않고 쓰레기통에 버렸다. 배가 많이 고파서 잠을 설친다. 새벽 한 시에 눈이 떠진다. 아무리 구토를 하더라도 좀 먹어야겠는데 새벽 한 시에 간호사에

게 전화할 수도 없다. 쓰레기통에 버린 저녁이 생각난다. 쓰레기통
을 열고 버린 저녁을 꺼내 국물만이라도 조금씩 먹어본다. 병이 나
를 쓰레기통을 뒤지게 만든다. 투병생활이 참 힘들다.

○ 아내의 일기

자가격리 일주일째다. 격리 중에도 코로나 양성 판정을 받는 경우
가 많다고 하니 우리도 불안 불안하다. 제발 무탈하길 바라고, 병원
에서 사투를 벌이고 있는 어머니, 남편도 걱정된다. 부디 꼭 이겨내
시길….

어머니!
시인으로 등단하시어 시집 발간을 앞둔 어머니시다. 다리가 불편하
셔서 아들 집에서 지내며 치료를 받으시는 중, 이런 불상사를 맞으
니 어머니는 "내 말년에 무슨 형벌을 받는가 보다."라고 말씀하신
다. 어머니는 하루하루 긴 밤을 어찌 넘기실까? 낮도 너무 길도 밤
도 너무 길다고 하신다. 잠자리 옮기시면 잠 못 이루시고, 입도 짧
으시니…. 어찌 견디실까? 마음이 아프다. 두 딸들은 부모님, 할머
니 걱정에 전화하고, 먼 길 마다 않고 먹거리를 사다 배달해 주니
눈물 나도록 고맙다.

기침, 구토와 계속되는 미각상실

2020년 12월 9일(수)

밤새 뒤척였다. 생각이 복잡하니 도저히 잠을 잘 수가 없다. 새벽 5시 반에 간호사실에서 전화가 왔다. 밤새 속이 불편했다고 했더니 토했냐고 물어본다. 토하지는 않았다고 했더니, 간호사는 다른 증세도 물어본다. 기침이 계속 나온다고 했더니, 간호사는 알았다고 하면서 전화를 끊었다. 곧이어 간호사가 병실로 와서 체온을 재니 36.4℃다. 간호사는 이제 체온은 완전히 정상으로 돌아온 것 같다고 하면서 혈압, 산소포화도 등을 잰다. 모두 정상이란다. 이어서 약을 하나 주면서 지금이나 아침 식후에 먹으란다. 지금 먹는 것이 아침 식사하는 데 도움이 될 것 같아서 약을 먹었다. 수액도 새것으로 갈아주며 계속 체온이 정상을 유지하면 이번이 마지막 수액이 될 것 같단다. 체온이 잡혀 그동안 불편했던 수액 줄에서 좀 자유로워졌으면 좋겠다.

먹는 게 참 힘들다. 7시가 되니 어김없이 또 아침이 들어온다. 아침을 본 체 만 체 한다. '오늘 아침을 먹지 말까?', '또 구토증세가 나면 어쩌지? 그래도 아침을 먹어야 약을 먹지.' 아침 식사를 앞에 두고 계속 고민한다. 한 시간이나 기다린 후에 도시락을 풀어본다. 먹기가 힘들어서 죽 한 입, 국물 한 순갈을 반복하며 먹었다. 구토증세가 날까봐 일부러 많이 씹었다. 반찬은 아예 들여다보지도 않았다. 죽 3/4 정도 먹으니 이젠 더 이상 먹지 못하겠다. 죽 3/4 정도 먹는데 온몸이 온통 땀이다. 먹는 게 이렇게 힘들 줄은 정말 예전에 미처 몰랐다. 도저히 이어서 약을 먹지 못하겠다. 약과 물이 속에 들어가면 토할 것 같다. 그대로 침대에 누워 휴식을 취할 수밖에 없다. 좀 휴식을 취하고 나니 좀 안정된다. 다시 약을 먹었다. 요즘 식사와 약을 먹는 게 참 힘들다. 언제 정상적으로 식사를 할 수 있을까?

평소에 나는 잘 먹었다. 식탐이 있을 정도이다. 그런데 이곳에서 전혀 먹지를 못하니 그동안 잘 먹었었던 것이 얼마나 행복한 일이었던가를 생각하게 된다. 평소에 자연에서 마시는 시원하고 신선한 공기, 맛있는 음식 등이 큰 행복이었지만 나는 그동안 모든 것들이 행복이라고 느끼지 못하고 당연한 것이라고 느꼈다. 일상생활 하나하나가 모두 행복한 생활이었다는 생각을 하게 된다. 자연에 대한 감사의 마음과 그동안의 일상생활이 행복의 시간이라는 것을 스스로 생각하게 된다. 코로나19가 나를 힘들게 하지만, 오히려 나에게 정말 중요한 것을 가르쳐 주고 있는 것은 아닐까?

11시가 되니 과장님이 오셨다. 밤새 증상과 지금 증상은 어떠냐고 물어본다. 어젯밤은 잘 못 잤고 열은 많이 떨어졌다고 했다. 구토 증세가 있고 입맛이 없어서 식사를 하기 힘들다고 얘기했다. 과장님은 알았다고 하면서 열이 떨어졌으니 그 증상도 곧 좋아질 거란다. 어제 코로나19 검진을 받은 이 병실의 환자는 양성이 나와서 퇴원이 불가하단다. 이 병실의 환자는 아직 약으로 체온을 조절하고 있는 것으로 봐서 몸에 바이러스가 있나 보다. 따라서 이번 주 계획했던 코로나19 검사는 환자들의 상황을 봐 가면서 하겠단다. 나는 입맛이 없고 구토 증상이 있는 것으로 봐서 아직 코로나19 바이러스가 내 몸에서 활개를 치고 있음에 틀림이 없다.

두 딸들이 밴드에서 아침인사를 한다. 굿모닝이란다. 나도 굿모닝 했지만 실제로는 배드모닝이다. 딸들은 지금 좀 어떠냐고 물어본다. 이제 약과 수액의 도움을 받아서 열이 많이 내렸지만 아직도 먹는 것은 힘들다고 했다. 딸들은 내가 곧 입맛이 돌아오고 구토증상도 좋아질 거란다. 일반적으로 10일 정도 지나면 많이 안정된단다. 그래도 두 딸들이 있어서 희망적인 소리를 해주니 참 든든하고 예쁘다.

동생 그리고 이모님, 외삼촌한테서 전화가 왔다. 기침이 아직도 계속되니 통화 중간 중간에도 기침이 계속 나와서 통화가 힘들다. 나와 어머니를 걱정해 주는 동생과 친척들에게 많은 걱정을 드려 미안하기 그지없다. 빨리 증상이 완화되고 고통에서 해방되어 전화도 정상적으로 할 수 있었으면 좋겠다. 내가 빨리 퇴원하는 것이 내 주위

친척들과 지인들에게 덜 미안한 일인 것 같다. 열심히 운동하고 잘 먹자!

12시가 되니 점심식사가 들어온다. 이젠 도시락을 보기도 싫다. "또 먹어야 해?" 오늘 점심 먹을 것 생각하니 벌써부터 땀이 난다. 정말 먹기가 힘들다. 먹지 않으면 나만 손해인 걸. 당장은 먹기가 힘드니까, 조금 쉬었다가 먹기로 하고 침대 위에서 잠시 눈을 붙인다. 한 시간쯤 지나 1시에 억지로 점심 도시락을 펼쳐본다. 그냥 그대로 쓰레기통에 버리고 싶다. 그러나 먹어야 하기에 조금씩, 아주 조금씩 먹어본다. 반찬은 열어 보지도 않고 죽만 반쯤 먹었다. 도저히 더 먹을 수 없다. 죽 반 그릇 먹는데도 땀이 온몸에 범벅이다. 거의 한 시간이 걸린다. 오늘 점심은 죽 반 그릇으로 해결했다. 걱정이 된다. 이렇게 먹지 못하면 큰일인데! 언제 잘 먹을 수 있을까?

입원하고 앞에 있는 환자가 며칠 전에 사과를 한 개 줬다. 버리려고 하다가 서랍 안에 두었는데 지금 생각났다. 사과는 먹을 수 있을까? 사과를 씻어서 한 입 먹었더니 먹을 만하다. 맛은 잘 모르지만 시원함을 느낀다. 밥은 먹지 못하더라도 다른 것이라도 있으면 먹어서 기운을 차려야 할 것 같아서, 딸들에게 과자를 좀 사서 보내라고 했다. 식사를 하지 못하면 과자라도 먹어야 기운을 차릴 수 있을 것 같아서다. 다행히 병원에서 과자는 반입이 허용된단다. 내가 좋아하는 맛동산을 좀 사서 보내라고 하니 딸들이 알았단다.

먹지를 못해서 기운이 없어도 계속 침대에 누워있을 수 없다. 뭔가 좀 활동적이어야 할 것 같다. 조금씩 제자리걸음으로 운동을 시작했다. 오늘 5,000보를 걸었다. 병실에서 스마트폰과 컴퓨터 보는 것을 자제하고 밖 경치도 보고 명상도 하려고 노력한다. 침대에 누워 있는 것보다는 조금이라도 움직이는 것이 좋을 것 같아서 가능하면 제자리걸음도 하고, 심호흡도 하는 노력을 한다. 언제부턴지 잘 모르지만 이젠 심호흡하는 것도 가능하다. 이것도 좋아진 걸까?

창밖으로 보이는 숲에는 뭔가 움직이는 것이 보인다. 고양이 한 마리다. 고양이 한 마리가 먹이 활동을 하러 숲을 분주히 돌아다닌다. 고양이는 코로나19에 걸리진 않았겠지? 고양이는 자연의 신선한 공기를 마음껏 마실 수 있겠지? 난 맘대로 돌아다닐 수도 없고 신선한 공기를 맘대로 마실 수도 없다. 고양이를 보니 참 부럽다. 참 자연스러운 모습이다. 나는 오랜만에 고양이의 자연스러운 모습을 보며 많이 느낀다. 나는 그동안 일에 떠밀려서 옆을 보지 못하고 자연의 감사함을 잘 느끼지 못하고 살았던 것 같다. 퇴원하면 자연도 즐기고 감사하는 마음을 가져야겠다. 코로나로 인하여 내가 배우는 것이 자꾸 생긴다. 코로나가 나에게 많은 것을 가르치고 있는 것은 아닐까?

5시가 되니 다시 저녁이 왔다. 오후에 좀 활동적으로 걷고 명상도 하고 나니 기분전환이 좀 된다. 그러나 입맛은 여전히 전혀 없다. 식사시간이 아직도 제일 겁난다. 그래도 죽 반 그릇에 반찬도 조금씩 먹어보았다. 역시 또 땀난다. 그래도 억지로라도 먹고 기운을 차려야 하기 때문에 열심히 먹는다. 이제 딸들이 보낸 과자가 와서 그걸 먹으면 좀 더 기운을 차릴 수 있지 않을까? 지금 내가 먹을 수 있는 것이라면 뭐든지 기다려진다. 그런데 내가 지금 먹을 수 있는 게 뭔지 잘 모르겠다. 딸이 보내주는 과자는 괜찮을까? 먹을 수 있을까? 구토 증세는 없을까? 희망과 걱정이 동시에 든다.

코로나19를 빨리 극복하기 위해서 코로나19에 관한 동영상을 찾아보았다. 스마트폰으로 찾은 유튜브의 코로나19를 이기는 방법에 대한 동영상은 어느 유명한 의사 선생님이 만들어서 배포한 것이다. 코로나19는 현재 치료제가 없기 때문에 몸의 면역력이 스스로 코로나 바이러스를 이길 수 있도록 해야 한단다. 그래서 확진자는 식사도 정시에 하고, 스마트폰이나 TV를 보지 말고, 멀리 자연을 보고 명상을 하고, 운동하고 즐거운 생각을 많이 하란다. 나도 이 코로나 바이러스를 이기기 위해서 운동도 하고 창문 밖으로 멀리 충주 시내도 보는 등 노력을 하고 있지만 식사가 가장 힘들다. 다시 입맛이 돌아와서 식사는 제대로 할 수 있을지 모르겠다. 그러나 이 동영상은 나에게 큰 위안을 주며, 코로나에 이길 수 있다는 자신감을 준다. 동영상을 만들어 배포해 주신 '닥터 U' 의사 선생님께 감사드린다.

청주의료원에 입원해 계시는 어머니께 전화를 드렸다. 어머니는 어젯밤도 잘 주무셨다고 하신다. 다행이다. 이제 어머니도 바뀐 환경에 많이 적응하신 듯하다. 어머니도 식사를 하시기 힘들다고 하신다. 어머니도 먹으면 구토를 하신단다. 나랑 같은 증세다. 뭘 좀 드서야 기운을 차릴 수가 있는데 어머니가 걱정이다. 어머니와 내가 구토증세가 없어져서 빨리 정상적인 식사를 할 수 있었으면 좋겠다. 일단 식사를 잘해야 영양보충이 되고 환자는 기력을 회복하고 자가 면역력도 높아지기 때문이다. 나도 어머니도 불면증과 식욕저하, 구토로 고생하고 있어서 걱정이다. 어떻게 해야 될까? 도대체 답이 없는 걸까?

오늘은 좀 무리를 했지만 운동을 했으니 좀 피곤하여 밤에 잠이 잘 올 것 같다. 억지로라도 잠을 청해 본다. 오늘은 어떤 생각을 하며 잠들면 코로나19의 고통이 조금이라도 줄어들 수 있을까? 동영상을 통하여 많은 정보를 얻었으니 코로나19를 이길 수 있는 좋은 꿈을 기대하며 잠을 청해본다. 계속 복잡한 생각에 잠을 잘 못 잤으나 오늘 밤은 불면증이 없이 숙면을 취했으면 좋겠다.

어제 딸이 보낸 택배 반입에 대해서 전화로 간호사와 얘기했는데, 오늘 간호사가 와서 택배 물건 중 병실로 반입이 불가능한 것을 프린트로 해 와서 병실에 붙여 놓고 간다. 이제는 외부에서 나에게 택배 보낼 때, 참조해서 부탁을 할 수 있겠다. 사전에 얘기를 좀 했으면 딸

★ 택배 불가능 물품 ★
- 생물(생과일, 냉장보관음식), 밑반찬(김치, 절임류), 유제품, 음료(실온보관가능한 음료는 가능), 건강보조제

코로나19 병동에 반입 불가능한 품목들

이 요구르트와 비타민 드링크류를 보내지 않았을텐데….

오늘의 한국의 코로나19 신규 확진자는 671명이다. 또다시 600명 대다. 확산세가 꺾이지 않고 계속되고 있다. 온통 TV는 3차 대유행 뉴스뿐이다. 유행을 꺾을 특별한 대책이 정부에게는 없나 보다. 말로만 하는 뉴스도 이제는 별로 보기 싫다. 제천도 오늘 신규 확진자가 10명이란다. 제천이나 전국적으로나 코로나 기세가 점점 무서워지고 있다. 제천시민이나 국민이 더욱 더 코로나19에 위축되고 있다. 어떻게 해야 하나? 걱정 또 걱정이다.

○ 아내의 일기

남편은 5일간의 잠복기를 거쳐 6일째부터 증상이 나타나 일주일째 코로나19 균과 사투를 벌인다. 기침, 고열, 무미, 구역질에 더부룩한 속, 기진맥진이라고 한다. 안타깝고 속상하다. 어머니는 며칠째 잠을 못 주무신다. 밥을 드시지 못하니 구토가 나온단다. 둘째 딸이 전해준 요구르트와 우유는 드신단다. 두 분 다 고생이 이만저만이 아니다. 집에서 격리 중인 아들과 나도 불편함은 마찬가지다. 빨리 2주간의 자택격리가 끝나고 재검사에서 나와 아들 모두 음성이 나오길 바랄 뿐이다!

수액
제거

아침에 눈이 일찍 떠진다. 열이 떨어지고 운동을 해서 그런지 어젯밤 오랜만에 너무 잘 잤다. 어젯밤 꿈속에서 내가 코로나19를 완전히 이겨내는 꿈을 꿨다. 어제 본 유튜브 동영상 덕분인가? 새벽에 일어나니 이제 코로나19를 완전히 압도할 수 있을 것 같은 기분이 든다. 그러나 아직도 육체적으로는 코로나19에 힘들어하고 있지만…. 좋은 기분을 어머니와 형제들의 카톡에 보냈다. 어머니에게도 기분도 좋아지고 힘내시라는 메시지도 될 것 같다. 카톡의 내용을 소개한다.

"이제 살았다! 어제 저녁 먹고 8시 좀 넘어서 취침하고 꿈꾸기 시작. 꿈은 코로나19 극복하고 일상생활 하는 꿈이다. 정신적으로 이제 코로나19를 완전히 압도하고 있는 느낌이다. 육체적으로는 매일 조금씩 걷기, 창문 내다보기, 가능하면 SNS 안 하기, 즐거운 생각하기 등을 하고 있음. 오늘 아침 기분이 좋고 정신적으로 코로나19의 고비를 완전히 넘은 느낌이 든다. 이제 막바지 코로나19 바이러스만 몸 밖으로 나가면 완치다. 조금만 더 긍정적으로 생각하자. 모두 감사."

새벽 5시 반에 어김없이 간호사실에서 전화가 온다. 어젯밤 상태를 물어온다. 어젯밤은 정말 잘 잤고 기분도 좋지만 기침은 아직도 조금씩 나오고 식사하기 어려운 것은 계속된다고 했다. 간호사가 와서 아침 체온을 측정하니 37.1℃다. "이제 열이 많이 내렸어요. 수액을 제거하고 계속 정상체온을 유지할 수 있는지가 중요해요. 오늘은 수액을 뗄 거예요." 하면서 간호사는 5일 동안 달고 있었던 수액을 제거해 준다. 고맙기도 하고 걱정도 된다. 수액을 제거하고 나니 이제 좀 자유스럽다. 이제는 세수나 머리 감을 때도 불편하지 않다. 한편으론 수액을 제거했으니 또 열이 나지 않을까 걱정도 된다. 이젠 수액의 도움 없이도 정상 체온을 유지할 수 있을 거야!

7시에 어김없이 아침이 들어온다. 간호사가 아침을 들고 들어오지만, 식사를 본 체 만 체 한다. 식사를 들고 들어오는 간호사는 아직도 미운 생각이 든다. 언제 예쁘게 보일까? 죽이 들어있고 곁에 이름이 적혀있는 검은색 비닐봉지가 정말 보기 싫다. 그러나 간호사는 "식사는 테이블 위에 두고 갈게요." 친절하게 얘기한다. 30여 분 쉬었다가 아침을 먹어본다. 역시 먹을 수가 없다. 정말 죽을 맛이다. 30여 분 땀을 뻘뻘 흘리며 죽과 국물을 반쯤 먹었다. 반찬은 뭔지 보이지도 않는다. 아니 보기도 싫다.

10시 반에 과장님이 오더니 어젯밤 상황을 물어본다. 지금 상태도 좋고 식사는 계속 하기 힘들다고 했다. 그동안 간호사들이 측정해 간 모든 데이터를 보니 이제 많이 좋아졌다고 하신다. 이번 주 상태가 계속 안정된 상태면 다음 주에 코로나19 검사를 하자고 한다. 참 감사하다. 정성을 다해 치료를 해주시는 의료진들 덕분에 나의 증상이 많이 좋아졌다. 식사만 잘 할 수 있으면 되는데…. 과장님을 비롯한 간호사님 그리고 직원 분들께 다시 한 번 감사하는 마음이 든다. 정말 그들이 천사다.

언제나 괴로운 식사시간이다. 벌써 점심이 왔다. 어떻게 맛있게 먹을 수 있을까? 고민해 보지만 입맛이 없으니 점심을 보기가 싫다. 역시 아침과 마찬가지로 30여 분 그냥 둔다. 그러나 먹어야 빨리 기력을 찾고 이곳을 나갈 수 있어서 열심히 땀을 흘리며 죽을 먹었다. 3/4 정도 먹었다. 정말 먹기가 힘들지만 먹는 음식의 양도 조금씩 늘려보려고 애쓴다. 아직도 음식이 배 속에 들어가면 구토 증세가 있어서 음식을 먹을 때마다 걱정된다. 내일은 딸들이 보내준 과자가 온다고 하니 그것은 좀 먹을 수 있으려나 기대해 본다.

점심 식사 후, 병실 밖을 유심히 내다본다. 날씨 참 좋다. 밖의 시원하고 맑은 공기를 마시고 싶다. 그러나 이곳 병실은 창문을 열 수가 없다. 음압병실이라서 외부공기와 완전히 차단되어 있다. 참 답답하다. 멀리 보이는 충주 시내와 산의 모습을 보니 마음도 좀 안정되는 듯하다. 소화도 시킬 겸, 침대 앞에서 제자리걸음으로 운동을 시작한다. 몸을 움직이니 활기가 생긴다. 이래서 항상 운동을 해야 하나 보다. 그러나 계속 먹지 못하니 힘이 전혀 없다. 이제 입맛만 돌아와서 잘 먹을 수만 있다면 좋겠다. 이제 다른 증상은 많이 좋아지고 있어서 몸의 상태가 많이 좋아짐을 느낀다. 먹을 수만 있으면, 힘이 나서 곧 퇴원할 수 있을 것 같다. 운동하고 긍정적인 생각을 하고 또 하자.

잠시 직원들이 와서 병실 소독을 한다. 직원이 병실 문을 조금 열어놓았다. 복도의 공기를 마셔 볼 찬스다. 내가 병실 문 앞으로 다가갔다. 복도에서 들어오는 공기를 마시고 싶어서다. 출입문에 서서 복도의 공기를 마시니 병실 안의 공기와도 좀 다르다. 가슴이 시원하다. 직원이 나를 보고 웃는 것 같다. 직원의 고글 안에 눈웃음이 보인다. 정말 자연의 맑고 신선한 공기를 마시고 싶은 생각이 간절하다. 언제 마음 놓고 신선한 공기를 마실 수 있을까? 자유가 그립다.

오후 4시가 되니 간호사가 온다. 다시 체온과 혈압 등을 체크한다. 체온은 36.9℃ 정상이다. "아버님, 새벽에 수액을 제거했는데도 정상체온을 유지하시는 것 같네요. 좋은 현상입니다." 간호사가 웃으며 얘기한다. 희망이 보인다. 이제는 식사하는 것을 제외하면 모든 게 정상으로 가는 것 같다. 아직도 가끔 기침이 나고 음식을 먹을 수 없고 먹으면 속이 좀 더부룩하지만 증세가 좀 완화된 듯하다. 괜찮다. 이제는 내 몸이 마지막 코로나19 바이러스를 퇴치하고 있는 듯하다. 빨리 퇴치할 수 있도록 운동도 하고 좋은 생각을 많이 해야겠다.

오늘도 시간만 나면 침대 앞에서 제자리걸음 운동은 계속된다. 먹은 게 없으니 제자리걸음이라도 매우 힘들다. 조금만 걸어도 땀이 난다. 운동을 하는데 좋은 기분으로 하기 위해서 스마트폰으로 7080 노래를 들으며 걸었다. 다른 환자를 배려해서 당연히 이어폰을 사용했다. 먹지 못해 힘들어도 운동하는 데 음악이 조금은 도움이 되는 듯하다. 기분만 좋아진 걸까? 오늘도 제자리걸음 5,000보를 걸었다. 먹지 못해 체력이 떨어지니 5,000보도 힘들어서 땀이 난다. 좀 먹을 수만 있으면 좀 더 걸을 수도 있을 텐데.

저녁도 억지로 먹었지만 증세도 많이 좋아졌고, 면역력에 도움이 될 것 같으니 즐거운(?) 마음으로 먹었다. 마음만 좋아졌지 계속 먹는 게 힘들어 죽 3/4 정도도 땀을 흘리며 먹었다. 매식마다 주는 요구르트는 약방의 감초다. 이상하게 음식을 먹기 힘들어도 요구르트는 괜찮다. 오늘 저녁은 요구르트와 귤도 준다. 요구르트와 귤은 먹는 데 큰 불편이 없다. 감사하게도 완전히 나를 배려한 식단인 것 같다. 그동안 수액을 달고 있어서 샤워하기가 많이 불편했으나 오늘은 수액을 제거했으니 저녁식사 후, 사워를 했다. 참 시원하다. 이제는 퇴원해서 정상생활을 할 수 있도록 하나씩 하나씩 준비해야 한다. 걸음걸이도 좀 더 경쾌하게 하자. 오늘 5,000보 걸었으니 내일부터는 조금씩 더 늘려가자. 퇴원할 때까지.

청주의료원에 입원해 계시는 어머니께 전화드렸다. 어머니는 아직 코로나19 증세가 많이 남아있다. 열도 아직 있고, 기침도 하신단다. 어머니가 걱정이다. 그러나 처음보다는 잠도 잘 주무시고 음식도 좀 드신다고 하니 그래도 다행이다. 어머니는 내가 걱정할까봐 내가 했던 것처럼 나에게는 증세가 좋아지고 있다고 하시는 건 아닌지 모르겠다. 항상 어머니는 당신보다 아들의 걱정이 앞선다. "너는 어떠냐? 죽을 먹냐? 열은 내렸냐?" 꼭 아들의 증세를 확인하신다. 이런 게 어머니의 마음일까? 하여튼 빨리 어머니도 코로나19 증세가 완화되어 나와 함께 완치판정을 받아 퇴원하셨으면 좋겠다. '빨리 그렇게 될 거다.' 또 긍정적인 생각을 해본다. 언제부터인지는 잘 모르겠지만 최근에는 긍정적인 생각을 많이 하게 된다.

오늘 한국의 코로나19 신규 확진자는 680명이다. 지금도 계속 매일 600명대를 유지하고 있다. 정말 이러다 하루 확진자가 1,000명을 넘는 게 아닌가 걱정이 된다. 방송도 연일 코로나19 속보를 내보내고 있다. 방송보다는 실제 신규 확진자를 줄이는 게 급선무일 텐데. 정부는 속수무책인가 보다. TV에는 코로나19 소식과 정치판 싸움 얘기뿐이다. 이제는 정부는 정치적인 싸움을 좀 그만하고 국민들을 돌보는 정책이 필요하다는 생각이 참 많이 든다. 빨리 코로나19 백신의 접종으로 국민들을 안심시키고, 코로나19 치료제로 확진 환자들을 치료한다는 뉴스가 간절하다. 오늘은 특히 코로나19 백신과 치료제의 생각이 더 간절하다. 나만 이런 생각을 하는 걸까? 오늘 제천의 신규 확진자는 4명이란다. 조금 잠잠해지는 건지 모르겠다.

○ 어머니의 일기

정신이 몽롱하고 어디가 어떻게 아픈 줄도 모른다. 다행히 죽은 조금씩 먹을 수가 있었고 잠깐씩 잠도 잘 수 있다. 정신이 흐릿하고 삼 일째 해열제의 효과가 없어서 해열 주사를 맞았다. 의사 선생님이 폐렴증세가 생겼다고 하며 폐렴 치료에 들어간단다. 그때부터는 정신을 차릴 수가 없다. 증세가 자꾸 나빠지니 걱정이 된다. 충주의료원의 아들은 좀 좋아졌다고 하니 다행이다.

○ 아내의 일기

남편은 10일간의 사투 끝에 이제 열도 내리고 수액도 제거했다고 좋아한다. 아직 미각이 돌아오지 않아서 음식을 먹기는 많이 불편하지만 조금 살 만하단다. 큰 고비를 넘겨 다행이고 감사하다. 남편은 좋아지고 있지만 어머니는 상태가 좋아지지 않고 있는 모양이다. 고령의 어머니가 좋아져야 할 텐데 걱정된다.

아들과 나도 자택격리 10일째로 재검진 후, 음성을 바라면서 격리는 철저히 하고 있다. 점점 지쳐 간다. 지루하다기보다 그동안 돌보지 않았던 집안 일로 하루는 금방 지나간다. 하루 몇 번씩의 세탁, 청소, 방역 후 소독약 제거에 힘이 빠진다. 온 집 안에 세탁한 옷들이 널려 있다. 꼭 전쟁터 같다.

택배

이제는 운동을 계속해서 그런지 밤에 잠도 잘 잔다. 어젯밤도 잘 자니 아침에 기분도 좋다. 기침도 많이 줄었고, 목의 간질거림도 증세가 많이 완화된 듯하다. 그동안 나를 많이 괴롭히던 증상들이 감소되니 기분이 좋아져서 마음으로는 퇴원해도 될 것 같다. 아직도 가끔 잔기침이 조금 있긴 하지만 심하진 않다. 잔기침은 입원하기 전부터 지금까지 계속되고 있지만 이제는 많이 줄었다. 이제는 퇴원이 좀 가까이 온 느낌이다. 좋은 기분으로 새로운 아침을 맞이한다.

6시가 되니 어김없이 간호사실에서 전화가 온다. "안녕하세요. 간호사실이에요." 오늘 아침 간호사의 목소리는 참 예쁘다. 의료진들의 도움 덕분에 많이 호전된 나는 "안녕하세요, 간호사님" 하며 매우 감사함을 표현한다. 간호사는 어젯밤 증세를 물어본다. 거의 정상이었다고 대답하니 이제는 많이 좋아진 것이라고 희망적인 얘기를 해주신다. 지금부터는 많이 먹고 운동을 많이 하면 된단다. '먹을 수 있어야 먹지!' 나 혼자 중얼거린다. 모든 간호사들이 나에게 운동하란다. 이어서 다른 간호사가 병실로 들어와서 체온과 혈압 등을 잰다. 약도 준다. 이제는 약 안 먹어도 될 것 같은데. 약을 많이 준다. 가장 관심 있는 체온 역시 36.4℃다. 이제 며칠 동안은 항상 정상체온을 유지하고 있다. 다른 수치도 모두 정상이다. "수액을 제거하고도 계속 정상체온이 유지되네요. 이제 많이 드시고 운동하시면 됩니다." 간호사는 좀 전에 전화했던 간호사와 같은 얘기를 하고 간다. 그렇다. 이제는 입맛만 좀 돌아와서 잘 먹을 수만 있었으면 좋겠다. 오늘부터는 퇴원을 위해서 먹기가 힘들어도 먹고 또 먹자.

7시에 아침이 왔다. 먹을까 말까? 또 고민된다. 새벽에 '퇴원을 위해서 먹고 또 먹자.' 스스로 맹세를 했기 때문에 좀 더 적극적으로 아침이 들어있는 검은색 비닐봉지를 살살 열어본다. 죽을 조금 떠 입에 넣어보니 어제와는 좀 다른 느낌이다. 좀 먹을 수 있을 것 같다. 좀 좋아졌으니 다 먹을까? 생각하고 있는데 또 구토가 걱정이다. 시간이 걸리더라도 또 조금씩 먹어보자. 반찬을 먹어보니 맛을 좀 느낄 수 있다. 냄새도 좀 느낄 수 있다. 아직도 식사를 하기는 좀 힘들지만 아침 죽을 다 먹었다. 속이 좀 더부룩하지만 그래도 좀 참을 만하다. 그러나 아직은 먹는 게 힘이 드는지 아직도 식사하는 데 시간도 걸리고 땀이 많이 난다. 그래도 이제는 먹는 것도 좀 좋아진 듯하다. 오랜만에 죽을 한 그릇 모두 먹었으니 운동도 더 열심히 할 수 있을 것 같다. 괜히 내 생각뿐인지 모르겠다. 이제부터는 체력을 찾는 일만 남았다.

10시 반에 과장님이 오셨다. 이번 주 들어서 환자들의 상태가 많이 좋아져서 이번 주말 상태가 좋으면 다음 주에 퇴원을 고려해 보겠단다. 기다리고 기다리던 퇴원을! 다음 주 월요일에 X-ray를 다시 찍어 폐의 상태를 확인하고, 코로나19 검사도 한단다. 만일 코로나19 검사에서 양성이 나오더라도 임상 상태가 좋으면 퇴원이 가능하단다. 이제는 양성이 나오더라도 더 이상 다른 사람에게 감염을 시키지 않는단다. 아직 퇴원이 되지는 않았지만 퇴원 얘기가 나오는 것을 보니 많이 좋아진 것은 틀림이 없다. 퇴원 소리가 이렇게 반가울 수 없다. 하여튼 나는 그동안 열이 내리지 않아서 고생했는데, 입맛만 돌아오면 이제 거의 정상으로 돌아온 상태다. 이번 주말만 잘 회복하면, 다음 주는 퇴원할 수 있을 것 같다는 희망을 가져본다.

12시에 점심이 왔다. 과장님의 "퇴원" 소리에 용기를 내고 힘을 내서 점심도 다 먹었다. 이젠 반찬도 아주 조금씩 먹어보니 괜찮다. 그러나 아직도 식사하는 데 땀난다. 좀 억지로 먹는 경향이 있어도 괜찮을 것 같다. 아직도 음식이 배로 들어가니 속은 좀 더부룩하지만 증세가 좀 약해져서 참을 만하다. 아직도 식사를 다 하는 게 힘든지 식사 후 잠시 침대에 누워 휴식을 취한다. 식사를 많이 했으니 침대 옆에서 제자리걸음으로 걸어본다. 운동이 보약이라고 했던가? 1,000

보 정도 걸으니 속에서 가스가 올라오며 속이 좀 편안해진다. 참 다행이다. 이제 좋아지고 있는 현상이라고 생각한다. 운동은 며칠 전부터 조금씩 늘려가고 있다. 오늘은 총 7,000보를 걸었다. 창밖을 봐 가면서 자연을 감상하며 걸어보니 기분도 괜찮다.

창밖에 보이는 산에는 작은 새들이 움직이고 있다. 모두 자연 속에서 자유롭게 먹이를 찾아다니는 모습들이다. 작은 새들은 자연의 공기를 마음대로 쉴 수 있고 마음대로 갈 수 있으나 나는 병실 밖, 복도에도 나갈 수가 없다. 작은 새들이 나보다 자유스럽다. 산 정상에는 큰 매가 한 마리 돌고 있다. 먹이를 찾으려는 모습이다. 모두 나보다 낫다. 나는 그동안 마음껏 자연을 즐기고 살았으면서도 자연의 고마움을 몰랐다. 행동에 많은 제약이 있는 지금, 나는 자연의 고마움을 절실히 느끼고 있다. 코로나19가 나에게 자유와 감사함 등 계속 많은 것을 가르치고 있는 듯하다.

오후 4시 반에 간호사가 와서 체온과 혈압 등을 잰다. 36.7℃다. 정상이다. 수액을 제거하고도 계속 체온이 정상을 유지하고 있다. 이젠 열 걱정은 없다. 산소포화도 및 혈압도 모두 정상이다. 체온을 잰 간호사에게 덕분에 많이 좋아져서 감사하다고 하니 건강해 주서서 오히려 나에게 감사하단다. 얼굴도 볼 수 없고 이름도 모르지만 이 간호사는 마음이 참 따뜻하고 예쁜 간호사임에 틀림이 없다.

병실에서 창밖을 내려다보면 주차장이 보인다. 항상 주차장에 많은 차들이 주차되어 있지만 오늘은 풍경이 좀 다르다. 두 대의 차가 이웃해 주차해 있으며 두 대의 차에서 내린 여러 명의 사람들이 모두 추운 날씨에 한 줄로 서서 코로나19 병동 쪽을 지켜보고 있다. 한 명은 코로나19 병동이 있는 건물 쪽으로 내려와서 손짓을 한다. 평소와 다른 모습이다. 오늘 코로나 환자 중 한 명이 완치되어 격리해제 되는가 보다. 조금 있으니, 퇴원 환자의 모습이 보이고 기다리던 사람들이 모두 박수를 치며 환영하는 모습이다. 이래서 가족이 필요한가 보다. 부럽기도 하고 가족들의 따뜻한 마음들을 보니 내 마음이 따뜻해진다. 나도 다음 주면 퇴원해서 가족들과 만날 수 있겠지? 희망을 가져본다.

5시쯤 병실에 간호사가 들어온다. 중요한 얘기를 하려고 하는 것 같다. 손에는 열심히 적은 종이가 들려있다. 병실 환자들에게 지금까지의 경과를 알려준다. 간호사가 나에게 그동안 열이 떨어지지 않아서 정말 고생을 많이 했는데 지금은 정상체온을 유지하고 있고 다른 증세들도 많이 좋아졌단다. 다른 환자들한테도 모두 힘들었지만 지금은 좋은 경과를 보여주고 있단다. 모두 체온이 정상으로 계속 유지되고 있고, 특별한 증상들도 계속 나타나지 않는다고 한다. 다음 주 월요일에는 최종 검사를 할 예정이란다. 여기서 특별한 증상이 없으면 퇴원한단다. 물론 모든 판단은 과장님이 하시지만 먼저 희망을 드리려고 왔단다. 바쁜 중에도 환자들을 배려하는 간호사의 마음이 참 에쁘다. 정말 감사하다.

5시가 좀 넘으니 간호사가 저녁을 들고 병실로 들어온다. 이번 저녁은 좀 먹을 수 있을까? 걱정이 앞서지만 '이젠 먹을 수 있을 거야.' 하는 긍정적인 생각도 해본다. 저녁을 먹어보니 아직도 식사하기가 힘들다. 그러나 과장님과 간호사의 "퇴원"소리가 힘을 나게 한다. 저녁도 천천히 열심히 먹었다. 아직도 식사하는 시간도 걸리고 땀도 난다. 그런데 퇴원한다는 소리가 밥 먹는 데 기분을 좋게 한다. 코로나 19 증세 여부보다 기분이 좋으니 저녁을 다 먹게 된다. 저녁을 다 먹었으니 속이 더부룩한 증상은 아직도 존재하지만 운동을 조금 하면 좋아질 것 같다. 내일부터는 입맛이 좀 돌아와서 정상적으로 식사를 할 수 있었으면 좋겠다.

택배기사의 전화가 왔다. 내가 먹기가 힘들어서 딸들에게 과자를 사서 보내라고 했더니 보낸 모양이다. 나에게 "택밴데요. 간호사 사무실이 어디에요?" 물어본다. 나는 이곳 병실에서 전혀 나갈 수 없는 사람이고, 간호사 사무실이 어딘지 잘 모르니까 총무과나 수위실에 물어보라고 했더니 짜증을 낸다. "간호사 사무실이 어디 있는지 알아야 물건을 배달할 거 아니냐."며, 아무도 없으면 반품하겠단다. 요즘 택배량이 많아서, 오늘 택배기사의 기분이 참 좋지 않은 모양이다. 그러나 택배기사의 서비스 마인드가 이렇게 없어서야!! 나는 택배기사에게 그렇게 하라고 했다. 그러나 다행히 저녁에 택배가 병실로 도착했다. 연양갱, 맛동산 등이다. 이제 입맛이 없어도 딸이 보내준 과자가 있으니 걱정 없다. 연양갱을 하나 먹어보니 맛이 기가 막히다. 입맛이 좀 돌아온 듯하다. 간식으로 연양갱과 맛동산 등 과자를 먹고

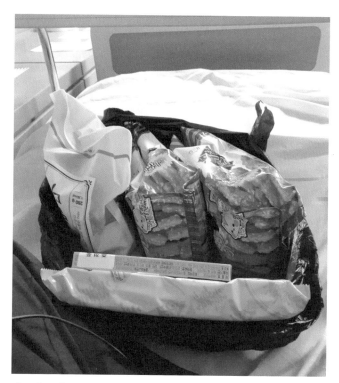

딸들이 보내 준 과자

힘을 내면서 운동을 계속하면 좀 더 빨리 퇴원할 수 있지 않을까? 생각만 해도 그냥 기분이 좋아진다.

청주의료원의 어머니와 통화했다. 어머니도 어젯밤도 잘 주무셨고, 상태가 안정되는 것 같다. 열도 해열제의 도움을 받고 있지만 좀 떨어졌다고 하신다. 식사도 조금씩 하신다고 한다. 그러나 어머니는 80대의 고령이라서 항상 걱정이 된다. 갑자기 상태가 악화될 수 있기 때문이다. 어머니도 이대로 계속 증상이 호전되어 함께 퇴원했으면 좋겠다. 오늘은 다행히 어머니의 상태가 많이 좋아지셨다니 어머니에 대한 걱정이 좀 줄어들었다. 어머니가 아들이 걱정을 할까봐, 나에게 어머니의 증세가 좋아지고 있다고 거짓말을 하는 건 아닐까?

동생한테서 전화가 왔다. 형인 나의 상태가 어떤지 걱정이 되서 전화했단다. 동생도 나와 어머니에 대한 걱정이 많다. 기침이 좀 잦아지니 이젠 동생과 통화하기도 좋아졌다. 어렸을 때부터 함께해 온 오랜 친구로부터도 전화가 왔다. 요즘 코로나19가 전국에 기승을 부리고 있고 특히 제천의 코로나19 소식도 뉴스에서 많이 보도되고 있어서 친구가 어떤지 생각나서 전화했단다. "친구는 괜찮지?" 물어보는데 "나는 괜찮아. 자네도 괜찮지?"라고 했다. 나의 확진 소식을 얘기하지 않았다. 다행히 지금은 기침이 잦아져서 통화상으로는 그는 나의 입원을 눈치채지 못했다. 친구가 걱정할까봐, 친구한테 입원사실을 얘기하지 않아서 미안하기는 하다.

오늘 한국의 코로나19 신규 확진자는 689명이다. 이제는 700명대가 가까워지고 있다. 한국에서 누적 확진자가 일주일 만에 5,000명이 늘어 40,000명이 넘었다. 점점 걱정이 커진다. 제천도 오늘 신규 확진자가 6명이라고 하다. 3주 동안 제천의 신규 확진자가 150명을 넘었다. 정말 제천에서도 빠른 속도로 환자가 늘고 있다. 정말 걱정이다. 언제 코로나19가 한국에서 잠잠해질까? 이제는 확산세가 좀 진정되었으면 좋겠다.

○ 아내의 일기

오늘도 세탁기는 쉼 없이 돌아가고 있다. 온 집 안을 소독한 후, 뒷정리가 정말 이만저만이 아니다. 온 집 안이 빨래 천국이다. 어머니는 폐렴증세가 나타나 산소호흡기를 하고 계신다고 한다. 남편은 상태가 많이 호전되었다고 해서 다행이지만 어머니가 걱정이다. 어머니는 전화 받기가 힘드신가 보다. 어머니는 투병생활 하루하루가 힘드신가 보다. 걱정이다. 어머니도 빨리 남편처럼 호전되었으면 좋겠다는 기도를 해본다.

어머니
상태 악화

2020년 12월 12일(토)

　오늘도 어김없이 5시 반에 간호사실에서 전화가 온다. 어젯밤 특별한 증세가 있었는지, 불편함은 없었는지 물어온다. "안녕하세요. 간호사님, 덕분에 잘 잤습니다. 식사하는 것이 아직 힘들지만 다른 것은 모든 게 정상입니다."라고 했다. 간호사는 "곧 식사도 잘 하실 수 있을 거예요." 하며 계속 희망을 준다. 곧이어 다른 간호사가 병실로 들어오며 체온과 혈압 등을 잰다. 간호사가 "체온 36.4℃입니다. 정상입니다. 혈압, 산소포화도 등 모든 게 정상입니다." 한다. "간호사 선생님 덕분입니다. 감사합니다."라고 대답하자 간호사가 "오히려 제가 감사하죠." 한다. "이제 퇴원하셔도 됩니다."란 소리를 듣고 격리 해제되는 일만 남았다. 희망이 생긴다.

TV에서는 한국에서 오늘 하루 코로나19 최대 확진자가 나왔다고 비상사태가 우려된다고 뉴스를 보도하고 있다. 하여튼 코로나19 확진이 되면 당분간은 고생하고 주위 많은 분들에게 불편함을 준다. 일부러 그런 건 아니지만 다른 사람에게 나로 인해 불편을 주는 것은 엄청난 스트레스다. 한국도 이제는 자랑하던 코로나19에 대한 K-방역이 완전히 뚫려 한국의 의료시스템이 위태로운 모양이다. 이젠 한국서도 코로나19가 일상생활이 된 것이 아닌가 생각해 본다.

다른 나라에서 코로나19 백신 얘기가 많이 나오고 있다. 연내에 백신을 접종하는 나라들이 생길 거란다. 그러나 우리나라는 아직도 백신을 확보해서 연내에 접종을 한다는 소식이 전혀 없고 내년 3월이 넘어야 할 것 같다는 정보가 뉴스를 타고 있다. 아직 코로나19에 걸리지 않은 사람들이 많으니 코로나19 백신이 참 중요하고 관심이 많다. 정부가 아직 코로나19 백신을 확보하지 못한 모양이다. 이미 코로나19에 확진된 사람들은 코로나19 치료제에 관심이 더 많다. 그러나 아직 코로나19 치료제에 대한 뉴스는 거의 없는 상태다. 하루라도 빨리 한국도 건강한 국민들이 백신을 맞아서 코로나19에 대한 공포가 없어지고, 환자들은 코로나19 치료제로 치료해서 빨리 회복되었으면 좋겠다는 생각을 해본다.

7시가 되니 아침을 가지고 간호사가 병실로 들어선다. 이젠 식사를 가지고 오는 간호사가 더 이상 미워 보이지 않는다. 식사를 담고 있는 검은 비닐을 열어보니 이제는 음식 냄새가 조금씩 난다. 아직 완전하지는 않지만 어제보다는 확연히 좋아진 것 같다. 비록 식사가 죽이긴 하지만 이젠 덜 고생하며 먹을 수 있을 것 같다. 죽과 반찬을 먹으니 맛도 조금씩 느껴진다. 입맛이 조금 돌아왔으니 구토증상도 좀 덜할 거라는 생각이 든다. 죽과 국은 모두 먹고, 반찬은 조금만 먹었다. 아직 반찬까지 다 먹기는 부담스럽다. 지금까지 먹으면 속이 더부룩하던 증상도 많이 완화된 것 같다. 이젠 식사를 한 후, 바로 약도 먹을 수 있다. 가끔 딸이 보내준 과자로 간식도 먹는다. 과자는 조금씩 먹으니 속도 불편하지 않다. 이제 좀 먹을 수 있으니 좀 살 것 같다. 많이 먹어야 기운도 차리고 내 면역력이 높아진다고 생각하니 조금씩이지만 의도적으로 계속 먹게 된다. 빨리 식사도 정상적으로 할 수 있어야 건강하게 퇴원할 수 있을 것 같다. 식사가 좀 걱정이 되지만 오늘은 증세가 좀 좋아졌으니 곧 정상이 될 거라는 희망이 든다.

오늘은 토요일이라서 과장님은 오시지를 않지만, 어제 과장님과 간호사로부터 퇴원 애기를 들어서 내 머릿속에는 온통 퇴원 생각뿐이다. 내가 과연 퇴원을 할 수 있을까? 인터넷으로 코로나19 격리해제 기준을 살펴보았다. 질병관리본부에서는 무증상자와 유증상자로 분류하여 격리기준을 정하고 있다.

<무증상자의 경우>

(임상경과 기준)
- 확진 후 10일 경과, 그리고 이 기간 동안 임상증상이 발생하지 않거나
- 확진 후 7일 경과, 그리고 그 후 PCR 검사 결과 24시간 이상의 간격으로 연속 음성이 나올 시 격리해제가 가능하다.

<유증상자의 경우>

(임상경과 기준)
- 발병 후 10일이 지난 뒤 최소 72시간 동안 해열제 복용 없이 발열이 없고, 임상증상이 호전되는 추세이거나

(검사기준)
- 발병 후 7일이 지난 시점에서 해열제 복용 없이 발열이 없고, 임상증상이 호전될 때 PCR 검사 결과 24시간 이상의 간격으로 연속 2회 음성인 경우 격리해제가 가능하다.

나는 유중상자이니까 '발병 후 10일이 지난 뒤, 최소 72시간 해열제 없이 발열이 없고 증상이 호전되는 추세'에 해당된다. 아직도 해열제를 복용하고 있으니 그게 문제다. 일단 격리기준은 거의 만족하는 것 같다. 물론 과장님이 판단하시지만. 아직 목이 가끔 간질거리고 잔기침이 있긴 하지만 많이 잦아들어서 큰 문제가 없다. 이제 해열제 복용도 끊어야 할 것 같다.

입원하고 맞이하는 두 번째 토요일이다. 창밖으로 보이는 경치는

참 좋다. 겨울에도 푸름을 간직하고 있는 소나무들이 보이고 소나무들 사이에서 장난치는 작은 새들이 보인다. 가끔 고양이, 매도 보인다. 이들 경치를 더욱 더 아름답게 만드는 햇빛이 더 빛난다. 이들이 잘 어우러져서 하나의 멋진 자연의 모습을 만들어 내고 있다. 내가 입원하기 전에 이런 모습들이 눈에 보이지 않았는데 입원하고 격리되고 나니까 하나씩 보인다. 내가 그동안 너무 바쁘게 앞길만 보고 달려와서 정말 중요한 자연의 모습을 보고 느끼고 감사할 마음의 여유가 없었나 보다. 앞으로 퇴원하면 일도 적당히 하며 마음의 여유를 가질 수 있도록 노력해야겠다는 생각을 하게 된다. 이번의 기회로 내가 새로운 것을 볼 수 있도록 내 자신이 조금씩 성숙해지고 있나보다.

12시가 되니 점심이 왔다. 먹고 힘내면 퇴원할 수 있다는 소리가 밥맛을 나게 한다. 이제는 기다리지도 않고 도시락을 열어보니 음식 냄새가 난다. 물론 밥이 아니고 죽이긴 하지만 이젠 좀 먹기도 편해져서 점심을 다 먹었다. 기분이 좋아서 입맛이 돌아온 건지 아니면 회복이 되어 입맛이 돌아온 건지는 잘 모르지만 식욕도 많이 돌아온 건 확실하다. 또한 잘 먹어야 빨리 격리 해제될 수 있다. 그동안 먹기가 정말 힘들었다. 구토도 있었지만 그런 과정을 모두 극복하고 이제는 거의 정상으로 가고 있다. 간식으로 어제 딸이 보내준 과자를 먹었다. 과자 맛이 참 좋다.

4시 반에 간호사가 와서 체온과 혈압을 측정한다. 체온은 36.7℃

다. 수액을 빼고도 체온이 정상을 계속 유지하고 있다. 혈압과 산소 포화도도 모두 정상이다. 지금부터 약은 해열제를 빼고 먹으란다. 질병관리본부의 기준에 따르면 해열제를 사용하지 않고 3일간 체온이 정상을 유지하면 퇴원이 가능한 조건이 된다. 간호사가 입맛은 좀 어떠냐고 물어본다. 이제는 입맛도 많이 돌아왔다고 대답하니 이제 정상으로 가는 과정이란다. 점점 희망적인 소리만 들린다. 정말 퇴원이 가까워지고 있나보다.

이제부터는 또 다른 증세가 나타나는지를 지켜보고 정상체온을 유지하는지를 지켜보는 것뿐이다. 계속되는 기다림이다. 하루 종일 병실에서 지내는 것도 엄청난 스트레스다. 유일하게 만나는 사람은 방호복을 입은 의료진과 직원들뿐이다. 그들도 환자와 최소한의 접촉만 하기 때문에 잠시 왔다가 주어진 일만 하고 병실을 나간다. 대부분은 전화로 물어본다. 확진 후, 13일 동안 정말 많은 일들을 경험했다. 또한 내가 코로나로 인하여 힘든 경험을 하고 있지만, 정신적으로 많이 성숙된 부분도 있다. 이제 식사만 정상적으로 할 수 있으면 된다. 아직도 정상 생활하기까지 내가 모르는 과정들이 많이 남아 있겠지만, 이 또한 극복할 수 있으리라.

오늘도 병실에서의 운동을 계속한다. 주로 식사 후에 천천히 걸으며 창밖을 본다. 창밖으로 보이는 자연의 모습은 언제 봐도 참 좋다. 이제 격리 해제가 되면 이런 자연을 마음껏 즐길 수 있도록 맘의 여유를 가지며 살아야겠다. 그동안 느끼지 못하고 살아왔던 일상생활

하나하나가 모두 감사하다. 코로나19가 나에게 많은 걸 가르쳐 주고 깨닫게 해주는 것 같다. 코로나19가 나에게 많은 고통을 주었지만 나를 많이 성숙시켜 주는 긍정적인 면도 참 많다. 평상시와 같이 1,500보 정도 걸으니 배에서 가스가 배출되며 속이 편안하다. 속이 더부룩한 증상도 거의 사라졌다. 오늘도 제자리걸음 5,000보 정도 걸었다.

기분도 전환할 겸, 오랜만에 면도를 했다. 그동안 면도하지 않은 얼굴을 마스크를 벗고 거울을 통해서 보니, 내 모습이 영 '시골할배'다. 길지는 않지만 허연 수염이 온 턱을 덮고 있다. "이게 누구야?" 믿기지가 않는다. 이런 모습이 나의 본모습인지도 모른다. 그동안 면도를 하고 스킨로션 등을 바르며 본모습을 감추고 살아왔는지도 모르겠다. 생활은 그렇게 하더라도 스스로 원래 모습은 알면서 살 필요도 있을 것 같다. 면도를 깨끗이 하고 세수를 하고 나니 완전히 새사람이 된 듯하다.

청주의료원 어머니와 연락이 잘 안 된다. 동생들도 전화가 안 되서 걱정인데, 어머니한테서 카톡이 왔다. 오늘 갑자기 상태가 나빠져서 코에 줄을 달고 산소호흡을 하고 계신다고 한다. 숨 쉬기가 힘드신가 보다. 전화를 받을 수 없다고 하신다. 어제 어머니와 전화할 때도 기분도 좋으시고 식사도 어느 정도 하셨는데 갑자기 상태가 악화된 모양이다. 혹시 어머니가 아들이 걱정할까봐 어제 증세가 좋아졌다고 하신 건 아닐까? 나는 이제 많이 회복되어서 퇴원 얘기가 나오고 있는데 어머니는 갑자기 증세가 나빠졌단다. 이 일을 어떻게 하는 게 좋을까? 생각해 보지만 현재 내가 할 수 있는 건 정말 아무것도 없다. 다만 걱정만 할 뿐이다. 걱정이다. 어머니의 상태가 좋아지도록 기도해본다.

밤 9시쯤 좀 일찍 자려고 침대에 누웠는데, 전화벨이 울린다. 밤에는 전화가 별로 없는데 좀 이상한 느낌이 든다. 전화를 받으니 어머니가 입원하고 있는 청주의료원의 담당 간호사다. 좀 전에 어머니와 카톡을 하며 확인한 어머니의 상태가 악화된 것이 생각나서 겁이 덜컥 난다. 오늘 어머니가 폐렴 증세가 있고, 열이 떨어지지 않아서 산소호흡을 했다고 한다. 지금은 열이 좀 내렸으나 내일 상황을 봐서 치료제를 쓸 예정이라고 한다. 치료제도 효과가 없으면 충북대병원으로 전원도 생각하고 있다고 한다. 그런데 코로나19 중환자가 급증해서 지금은 충북대병원의 병실이 없어서 대기 중이란다. 청주의료원에서 어머니의 상태를 자세히 알려주어 고맙긴 하지만 어머니의 상태가 많이 악화되어 걱정이 된다. 어머니가 걱정이다. 나의 증세가 호전되어 퇴원한다는 희망이 있지만 어머니의 병세 악화소식에 또다시 눈앞이 깜깜해진다.

내가 지금 어머니를 위해서 할 수 있는 일이라곤 어머니를 위한 기도뿐이다. 오늘밤은 어머니의 호전을 기원하는 기도를 해야겠다. 어머니가 이 고비를 잘 넘겨주시기를 정말 간절히 기도해 본다. 병원에서 사용하려는 치료제는 어떤 건지는 잘 모르겠으나, 어떤 치료제를 쓰든지 엄마가 완쾌만 된다면 좋겠다. 고령인 어머니의 상태를 예측할 수 없다. 갑자기 상태가 나빠졌다가 또 좀 호전되었다가를 반복하고 있는 모양이다. 고령이라서 그런 모양이다. 어머니의 상태가 잠시 좋다고 해도 즐거워할 일이 아니다. 그동안 내가 어머니의 상태에 너무 경솔한 판단을 많이 했던 것 같아서 후회가 된다. 어머니도 빨리 안정을 찾아서 상태가 호전되었으면 좋겠다. 걱정 또 걱정이다.

어머니가 입원한 청주의료원에서는 어머니의 보호자가 나로 되어 있다. 충주의료원에 입원한 나는 어머니의 긴급 전화나 청주의료원에서의 전화가 올 때마다 깜짝깜짝 놀란다. 지금 어느 정도 회복되고 있는 나의 몸도 어머니의 걱정으로 잠을 자지 못하면 회복이 늦어지지 않을까 걱정이다. 어머니가 산소호흡을 하셨다는데 후유증은 없을까? 이제는 산소호흡기 없이도 숨을 정상적으로 쉴 수 있을까? 어머니 기력은 좀 돌아오신 걸까? 혹시 어머니 상태가 악화되어 의식이 흐려지지는 않았을까? 청주의료원으로부터 전화를 받고 난 후 머리가 복잡해진다. 어머니 증세 악화 소식에 오늘밤은 도저히 잠을 잘 수 없을 것 같다. 또 힘든 밤이 시작된다.

동생으로부터 전화가 왔다. 며칠 전 통화 중에 계속 기침을 하는 형이 많이 적정이 되었나 보다. 증세가 많이 호전되었다고 하니 다행이란다. 이모님의 전화도 있다. 조카인 나를 절대적으로 신뢰하고 있는 이모님이시다. 이모님은 나의 호전 소식에도 좋아하시지만, 언니인 어머니의 병세 악화소식에 큰 걱정을 하신다. 광양에 사시는 큰동서로부터 전화가 왔다. 아내한테 전화했었는데 이 서방을 바꿔달라고 하니 아내가 나는 지금 입원해 있어서 바꿀 수가 없다고 해서 전화했단다. 내가 벌써 입원한 지 2주일이나 되었다고 하니 깜짝 놀란다. 주위의 많은 분들에게 심려를 드리고 있어서 정말 미안한 마음이 많다.

오늘 한국의 코로나19 신규 확진자는 950명이다. 1,000명을 돌파할 기세다. 한국에서 정말 무서운 기세로 신규 확진자는 계속 늘어난다. 제천도 오늘 신규 확진자가 8명이다. 전국이 코로나19로 몸살을 앓고 있다. 벌써 1년 동안 대한민국, 아니 전 세계가 코로나19로 몸살을 앓고 있다. TV 뉴스는 전 세계가 3차 유행에 접어들었고, K방역을 자랑하던 한국도 여지없이 무너지며 거의 하루 1,000명의 신규 확진자가 나오고 있어 의료시스템 비상사태가 계속되고 있다고 한다. 연내 백신 접종 소식들이 다른 나라에서는 들려오지만 한국은 아직이다. 코로나19 백신을 사용하면 신규 확진자가 줄어들까? 나 같은 코로나19 환자들에게는 치료제가 우선이다. 빨리 한국에서도 백신과 치료제가 사용되어 국민의 코로나19에 대한 걱정이 줄어들었으면 좋겠다.

○ 어머니의 일기

정신을 차릴 수가 없다. 이제는 항생제 주사로 치료하려는 모양이다. 나는 간호사가 하는 대로 내버려 두었다. 옆의 환자가 항바이러스 주사를 하는 게 좋을 거라고 나에게 귀띔을 해 주어서, 내가 간호사에게 항바이러스제 치료를 원한다고 했다. 간호사는 그 주사는 중증환자에게 쓰는 주사고 지금 이 병원에는 약이 없단다. 포기를 하고 있는데 간호사가 와서 오늘 항바이러스제를 대전에 주문했고 그 약이 오고 있단다. 내일쯤에는 맞을 수 있을 거라고 한다. 내일 치료를 기대해 본다.

○ 아내의 일기

남편은 이제 정상 컨디션으로 접어들고 있나 보다. 어머니는 폐렴 증세로 아직도 힘들어하신다. 더 심하면 충북대병원으로 갈 수도 있다고 하신다. 내일 항바이러스 치료제로 치료를 하신다는데 효과가 있었으면 좋겠다. 집안일은 해도 해도 끝이 없어서 힘들지만 병원에서 힘들게 투병하고 계시는 어머니와 남편을 생각하면 나는 아무것도 아니다. 어머니의 상태가 많이 악화되어 걱정이 점점 많아진다. 이제 나도 자택격리의 시간이 끝나가고 있다. 함께 자택격리된 아들도 잘 견뎌주어서 다행이다. 빨리 모두 퇴원하고 일상으로 돌아가는 생각을 해 본다.

어머니
치료제 사용

입원 14일째다. 어젯밤 청주의료원의 어머니 소식을 듣고 밤새 잘 자지 못했다. 어머니가 힘들게 투병하시는 걸 생각하니 도저히 잠을 잘 수가 없다. 새벽에 눈을 뜨니 온몸이 다시 아파온다. 온몸이 쑤신 듯 아프다. 잠을 잘 자지 못한 탓일까?

아침에 어머니와 카톡을 했다. 전화하시기가 힘들어서 주로 문자로 한다. 어머니는 기력이 많이 떨어진 듯하다. 문자로 대화하기가 힘들 때도 많다. 그래도 오늘 아침 기분은 좀 좋다고 하신다. 아침 일찍 간호사가 와서 오후에는 치료제를 사용할 거라고 했다고 한다. 지금 열은 조금 내려갔다고 하는데 열이 문제다. 열이 계속 나면 다른 문제들이 자꾸 발생하는데. 모쪼록 오늘 어머니에게 사용하는 치료제가 어떤 치료제인지는 잘 모르지만 치료제 투여로 열이 잡히고 폐렴증세도 호전되면 좋겠다. 어머니가 이 고비를 잘 넘기시기를 간절히 기도해 본다.

아침 6시에 간호사가 왔다. 체온을 체크하니 36.9℃다. 정상이다. 수액도 사용하지 않고, 어젯밤 해열제 복용을 하지 않았는데도 이제는 체온이 정상이다. 이제 정상으로 가고 있는 걸까? 오늘 아침에 가져다주는 약도 이제는 해열제가 없다. 물론 혈압과 산소포화도 등도 정상이다.

오늘 아침 컨디션은 괜찮으나 어젯밤 어머니 생각에 잠을 잘 자지 못해 온몸이 좀 쑤신다. 아직도 매일 아침 간호사가 복용하라고 주는 약은 많다. 아직도 잔기침 증세가 남아 있어서, 해열제는 빠졌지만 기침, 진해 거담제 등은 계속 먹어야 되나보다. 이제 나의 몸은 큰 고비를 넘기고 정상 수준으로 가고 있고 격리해제를 기다리고 있는 중이다. 그래도 다행이다. 그러나 협심증의 지병이 평소에 있어서 언제 다시 증세가 나타날지 몰라서 조심 또 조심한다.

간호사가 아침을 가지고 병실로 들어와서 "식사하세요." 한다. 그동안 식사를 가지고 오는 간호사가 미웠는데, 이제는 식사하기가 많이 좋아져서 그런지 이젠 간호사의 목소리가 참 예쁘게 들린다. 아침을 반찬까지 먹었다. 식사 후의 구토의 증세도 없다. 이젠 입맛도 많이 정상으로 돌아온 듯하다. 이제 조금만 더 좋아지면 식사도 정상으로 할 수 있을 것 같다.

8시 반이 되니 하늘에서 눈이 내리기 시작한다. 좋은 징조인지 나쁜 징조인지 모르겠다. 좋은 징조였으면 좋겠다. 세상을 하얗게 만들며 내리는 눈이 어머니의 코로나19 증세도 진정시키기를 기도해 본다. 나는 내 눈으로는 멋진 자연을 보고 있지만, 온통 내 머릿속에는 어머니 생각뿐이다. 내리는 눈도 어머니와 연결시키게 된다. 오전 내내 내리는 눈이 온 세상을 하얗게 만들고 있다. 창밖으로 보이는 주차장에도 모두 눈이 덮혀 있다. 일요일이라서 직원들이 출근하지 않아서 차들이 없지만 평일이었으면 직원들이나 환자들이 모두 산에 위치하고 있는 이곳 병원에 오기 힘들 뻔했다. 가끔 제설차가 와서 염화칼슘을 뿌리고 간다.

11시가 되니 간호사가 병실로 들어온다. 병실의 세 명의 환자들에게 증세를 자세히 물어본다. 모두들 상태가 많이 좋아져서 퇴원하길 기원하고 있다. 이제는 모두 정상인 것 같다. 환자 모두 "격리해제를 기다리고 있다."고 하니 간호사가 웃으며 "모두들 많이 좋아지셨네요." 한다. "이제 퇴원해도 되는 건가요?" 물어보니 간호사는 격리해제의 기준에 맞아야 하는데 최종 결정은 과장님이 판단하실 거라며 웃는다. 간호사의 말에 희망이 있고 기분이 나쁘지는 않다. 지금 우리는 "퇴원해도 됩니다."란 얘기를 절실히 듣고 싶다.

12시에 간호사가 점심을 가지고 병실로 들어선다. 이제는 음식 냄새도 맡을 수 있고, 입맛도 돌아와서 반찬도 다 먹을 수 있다. 정말 오랜만에 점심을 맛있게 먹었다. 식후의 구토증상도 없어졌다. '이제 입맛도 돌아왔으니 퇴원해도 되겠다.' 나 혼자 생각해 본다. 점심식사 후, 소화도 되게 할 겸, 침대 앞에서 제자리걸음 운동을 시작한다. 오늘도 6,500보 걸었다. 평소의 모습으로 가기 위하여, 매일의 운동량도 조금씩 늘려나가고 있다. 이젠 음식도 잘 먹고 딸이 보내준 간식도 먹고 운동도 하니 몸의 에너지가 조금씩 활성화되는 듯하다.

4시 반에 간호사가 와서 체온과 혈압을 잰다. 체온은 37.1℃, 혈압, 산소포화도 모두 정상이다. 해열제를 먹지 않아도 체온이 이틀째 정상을 유지하고 있다. 가끔 마른기침이 나긴 하지만 코로나19 증세가 거의 없으니 이제 퇴원할 일만 남은 것 같다. 7시가 되니 간호사실에서 전화가 와서 증세를 물어본다. 간호사들은 매일 몇 번씩 환자의 상태를 체크하고 있는데 전화할 때마다 참 친절하다. 이젠 간호사들의 목소리도 천사의 목소리로 들린다. 본인의 업무에 열중하고 있는 이 병원의 간호사들에게 항상 감사함을 느낀다.

아내한테서 전화가 왔다. 나의 상태를 물어본다. 이제는 많이 회복되었다고 하니 좋아한다. 아내는 아들과 함께 자택격리가 해제되기 전에 코로나19 검사를 받아야 한단다. 내일 보건소에서 코로나19 검사를 받고 결과가 음성이면 2주간의 자택격리가 해제된다고 한다. 나 때문에 아내와 아들이 2주간 자택격리 되어 있어 많이 불편했을 것 같다. 가족들에게도 불편하게 해서 미안하기 그지없다. 다행히 지금 아내와 아들은 코로나19에 대한 어떤 증상도 없다고 한다. 내일 코로나19 검사 결과도 모두 음성이 나오길 기대해 본다.

6시에 간호사가 저녁을 가지고 병실로 들어선다. 얼마 전까지도 식사를 가지고 병실로 들어서는 간호사가 미워 보였으나 이제는 점점 예뻐 보인다. 괜히 내 마음의 변덕이 심한가보다. 이제는 먹는 것도 문제없다. 점점 입맛도 정상으로 돌아오고 있고 구토 증상도 거의 없다. 지금까지 음식을 맛있게 먹을 수 있는 것도 큰 행복이었는데 그동안 그것이 행복인 줄 몰랐다. 일상생활 하나하나가 모두 행복하다는 생각을 하며 또 하나를 배운다. 가끔 딸이 택배로 보내온 맛동산과 연양갱을 간식으로 먹으며 에너지를 보충하고 있다. 코로나19와 싸우고 있는 내 몸의 면역력을 키우기 위해서 영양보충과 운동은 필수다.

나의 몸은 이제 점점 좋아지고 있지만, 어제 상태가 좋지 않았던 청주의료원의 어머니가 걱정이 된다. 어머니한테서 카톡이 왔다. 오늘 오후에 항바이러스 치료제 주사를 맞고 상태가 호전되고 있다고 하신다. 이제 정신도 좀 들고 열도 많이 잡혔단다. 어머니는 힘든 투병 중에도 아들의 상황을 걱정하신다. "너는 열이 어떤데… 열이 잡힌 대로 변동 없니?" 우리 어머니 참 대단하시다. 저녁식사도 많이 하셨다고 하신다. "하나님, 어머니를 좋아지게 해 주셔서 감사합니다." 나도 모르게 이렇게 혼자 외치고 있다. 정말 다행이다. 어머니도 어제가 고비였던 건 아닐까? 그러나 아직도 조심스럽긴 마찬가지다. 형제들 밴드에 어머니의 소식을 올리니, 형제들이 일제히 어머니의 호전 소식에 좋아한다. 며칠 전 내가 넘었던 고비를 넘고 나서 이제 컨디션 회복으로 가듯이 어머니도 지금부터 컨디션 회복을 했으면 좋겠다. 고비를 잘 넘기시고 컨디션이 좋아지고 있는 어머니께 감사

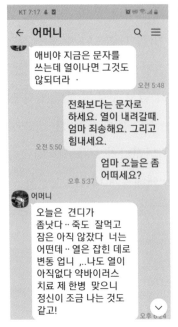

어머니와 서로의 걱정이 담긴
카톡이 계속되다

드린다. 이제는 어머니가 갑자기 악화되는 일이 없기를 간절히 기도
해 본다.

청주의료원의 전화를 받고, 어머니가 걱정이 되어 어젯밤 잘 자지
못해서 온몸이 불편했었는데, 지금은 어머니의 상태가 호전되어 오
늘 밤은 잘 잘 수 있을 것 같다. 오늘 밤 잘 자고 나면 내일 컨디션이
좋아질 테고, 예정되어 있는 검사들이 모두 결과가 좋아서 퇴원했으
면 좋겠다. 어머니가 다시 악화되지 않고 계속 호전되기를 간절히 기
원드린다. 어머니와 내가 퇴원을 해서 가족 모두를 빨리 만나고 싶은
생각이 간절하다.

사위의 전화가 왔다. "장인어른 지금은 좀 어떠세요? 증세가 많이 좋아지셨어요?" 사위도 걱정을 많이 한다. 딸과 함께 3자 통화를 한다. "이제는 증세가 많이 좋아져서 내일 퇴원을 위한 최종 검사가 예정되어 있다." 하니 딸과 사위가 다행이라고 한다. 딸은 아직 잔기침이 남아 있어서 걱정이라며 병원에서 주는 약을 항상 잘 드시란다. 나는 퇴원 소리에만 신경 쓰고 있어서 아직 좀 남아 있는 잔기침은 느끼지 못한다. 병원에서 계속 기침, 가래약을 주는 걸 보면 아직도 완쾌되지는 않았나 보다.

계속 증가하던 한국의 코로나19 신규 확진자 수가 1,030명이란다. 이제는 1,000명을 넘어가고 있다. 한국에서 코로나19가 발견되고 난 후 가장 많은 수로 증가했다고 TV 뉴스마다 속보로 전해진다. 환자를 위한 병실이 부족하고 치료하는 의료진들의 피로가 누적되고, 급증하는 환자에 의료진이 부족하다는 뉴스가 속보로 나온다. 한국의 의료계가 비상이라고 한다. 한국의 의료시스템이 무너지고 있는 건 아닐까? 제천의 신규 확진자도 오늘 15명이다. 이젠 제천을 비롯하여 전국적으로 코로나19가 기승을 부리고 있다. 국민 모두가 하루하루 불안한 시기를 보내고 있다.

오전부터 눈이 내린다. 제법 많이 쌓였다. 밖에는 아이들의 썰매 타는 소리가 들린다. 옛날 생각이 많이 난다. 우리 아이들도 썰매 타던 때가 있었는데…. 코로나로 집에만 있던 아이가 떼를 써서 밖으로 나왔나 보다. 오늘은 큰딸 생일이기도 하고, 하얀 눈처럼 축복받는 날이 되었으면 좋겠다. 저녁에 남편한테 전화를 했다. 남편은 이제 상태가 많이 좋아져서 퇴원 준비를 하는 것 같다. 다행이다.

아직도 어머니는 병원에서 힘든 투병을 계속하시고 계신다. 항바이러스제 치료의 효과가 조금 있다고 하니 다행이다. 고령의 어머니가 빨리 회복되시길 기도해 본다. 내일 자가격리 해제를 판단하는 코로나19 재검사가 있다. 나와 아들이 오전에 코로나 검사를 받으러 갈 생각이다. 모두 검사 결과가 음성이 나왔으면 좋겠다.

X-ray 및
코로나19 검사

2020년 12월 14일(월)

6시 반에 간호사실에서 전화가 왔다. 어젯밤에 잘 잤는지, 특별한 증세가 없었는지 물어본다. 잘 자고 특별한 증세가 없었다고 하니 오늘 오전에 X-ray 검사와 코로나19 검사를 할 예정이란다. 감사하다고 얘기하고 나니, 이제는 퇴원의 마지막 수순을 밟는구나 하는 생각이 든다. 오늘 받는 검사에서 X-ray 사진도 문제가 없고, 코로나19 검사도 음성이 나왔으면 좋겠다. 오늘이 긴장되는 하루가 될 것 같다. 아직도 가끔 나는 잔기침이 좀 걱정되긴 한다.

6시 50분 간호사가 병실로 와서 체온을 잰다. "아침 체온 36.9℃네요. 정상입니다. 혈압, 산소포화도 모두 정상입니다." 간호사가 나를 보며 친절하게 얘기한다. 이제는 퇴원을 염두에 둔 것 같은 느낌이 든다. "이제는 모두 정상이니까 퇴원해도 되지요?" 하고 물어보니 간호사가 웃으며 말한다. "그건 제가 하는 게 아니라 과장님이 판단 하실 거예요." 얼굴도 보이지 않고 이름도 모르지만 오늘 이 간호사 는 참 예뻐 보인다. 괜히 내 마음이 들떠서인지 모르겠다. 이젠 '코로 나 증세가 회복되어 퇴원할 수 있느냐?'보다 '언제 퇴원할 수 있느냐?' 가 관심이다. 내 몸이 그만큼 많이 좋아졌다는 생각이 들어 기분이 좋다.

오늘은 우리 가족 모두가 격리에서 풀려날 수 있을지 판단하는 검 사 날이다. 2주간 자택격리되어 있는 아내와 아들도 제천시 보건소 에서 코로나19 검사를 받고, 나도 병원에서 X-ray 검사와 코로나19 검사를 받는다. 결과가 모두 문제없이 음성이 나와서 아내와 아들이 자택격리에서 해방되고, 나도 병원에서 퇴원하기를 간절히 기도해 본다. 지금 내가 타고 있는 코로나19 열차가 거의 종착역에 다 온 느 낌이다. 이제 내리기만 하면 코로나19와의 인연은 끝이 난다. 빨리 이 열차에서 내리고 싶다.

간호사가 아침을 들고 병실로 들어선다. 입맛이 많이 돌아와서 가 능하면 많이 먹을 수 있고 또 많이 먹는다. 몸의 면역을 높이기 위해 서는 에너지를 보충해야 하기 때문에 오늘은 아침을 반찬까지 다 먹 었다. 이제는 맛있게 먹을 수 있다. 식사하는 것이 힘도 들지 않고 땀 도 나지 않는다. 식사를 정상적으로 할 수 있다.

아침을 먹고 나서 8시 반쯤에 X-ray 기사들이 장비를 밀며 병실로 들어온다. 병실의 세 명의 환자가 모두 기다렸다는 듯 바라본다. 한 명 한 명 이름을 확인하며 X-ray를 찍었다. 마지막으로 폐렴의 여부를 확인하나 보다. 사진을 모두 찍고 기사들이 나가니 'X-ray 결과에도 문제가 없을까?' 또 걱정이 된다. 입원해 있는 동안은 크고 작은 걱정의 연속이다. '문제없을 거야.' 모두 긍정적으로 생각하자. 병실의 환자들 모두 '이제는 퇴원하겠지요?' 하는 눈빛으로 서로를 쳐다본다.

9시 반이 되니 이번에는 코로나19 검사팀이 병실 문을 열고 들어선다. 두 명이 한 조다. X-ray 검사와 동일하게 한 명씩 이름을 확인하며 입, 목 안과 콧속을 검사한다. 검사하는 동안 좀 불편하지만 긴 시간이 아니니 참을 만하다. 코로나19 검사 결과도 걱정이다. "결과가 좋아야 할 텐데…" 오늘은 희망과 걱정이 모두 함께하는 날이다. 환자들이 오랜만에 서로 얘기한다. "이제 내일이나 모래는 퇴원하겠지요?"

10시 40분이 되니 과장님이 병실로 들어오신다. 오늘따라 과장님이 엄청 반갑다. 환자 한 명 한 명씩 이름을 부르며 오늘 오전에 찍은 X-ray는 모두 정상이란다. 걱정하던 환자들 모두 표정이 밝아진다. 다행이다. 오늘 받은 코로나19 검사 결과는 내일 나온다고 한다. 지금 몸에 코로나 증상이 있는지를 환자 한 명 한 명 자세히 물어본다. 참 자상한 과장님이시다. 환자 모두 지금까지 측정된 체온이나 다른 임상 데이터는 현재 모두 정상이란다. 내일 코로나19 검사 결과가 나오면 최종 판단할 거라고 하며 과장님은 병실을 나간다. 친절하고 자세히 설명해 주시는 과장님께 감사드린다. 이제부터 코로나19 검사 결과를 기다리는 또 다른 긴장된 시간이 시작된다.

　내가 11월 29일 코로나 양성으로 확진이 되고, 이어서 어머니는 다음 날인 30일 양성판단을 받았다. 나 때문에 어머니가 확진자가 되고, 함께 생활하던 아내와 아들이 모두 2주간 자택격리가 되었다. 오늘 아내와 아들의 자택격리 해제에 앞서 제천시 보건소에서 코로나19 검사를 받으러 간다. 나 때문에 다른 가족들이 2주일 동안 얼마나 많이 고생했을까? 정말 많이 고생했다. 내일 아내와 아들, 그리고 나의 코로나19 검사 결과가 모두 음성이 나오기를 간절히 기도해 본다. 정말 간절히 기도한다. 아내와 아들도 검사를 받고 난 후부터 내일 판정이 나올 때까지 긴장된 시간이 될 게 뻔하다.

　청주의료원에 입원해 계시는 어머니께 아침에 카톡으로 연락을 드렸는데 답장이 왔다. 어머니도 이제는 해열제 없이도 열이 내렸다고 하신다. 또한 어제 오후에 항바이러스제 치료를 받고 많이 안정되었다고 하신다. 잠도 잘 주무시고 식사도 잘 하신다고 하신다. 기분도 참 좋으시단다. 참 반가운 소식이다. 어머니는 당신이 힘드신 가운데도 또 아들 걱정이시다. "애비는 열이 내렸니? 식사는 잘 하니? 아픈 데는 없니?", "저는 이제 모든 게 정상으로 가고 있어요. 엄마만 이제 정상으로 가시면 되요. 엄마 파이팅" 내가 답장을 했다. 지금 이

순간 나에게는 어머니가, 어머니에게는 아들이 제일 중요한 것 같다.

아내가 나의 퇴원을 대비하여 새로 입고 올 옷과 신발을 택배로 보냈단다. 자택격리가 되어 있어 직접 택배를 보낼 수 없어서 아파트 위층에 사는 이웃에게 부탁을 했다고 한다. 옷을 박스에 넣고 문밖에 내놓고, 이웃에게 전화해서 이웃이 택배를 부쳤다고 하니 코로나19 때문에 모든 게 참 번거롭다. 정부에서 정해준 규칙을 따르려니 참 불편하다. 그러나 적극 정부에 협조를 해야 코로나19에서 빨리 자유로워질 수 있다는 생각에 모두 규칙을 따른다. 이곳 병실에서 환자가 입었던 옷과 물건들은 모두 소각한단다. 그리고 사용했던 귀중품은 모두 검은 비닐봉지에 싸서 가지고 가고, 사용 전에 반드시 알콜 소독하란다. 코로나19 방역이 철저해서 불편하지만 믿음이 간다.

나와 코로나19와의 전쟁에서 나의 면역력에 도움을 주기 위해 오늘도 운동을 계속한다. 침대 앞에서 제자리걸음하면서 걷는 거지만 오늘도 7,000보를 걸었다. 귀에는 이어폰을 꽂고 오랜만에 7080 시대의 통기타 음악을 들으며 걷는다. 창밖을 보면서 맑은 하늘을 감상한다. 멀리 보이는 충주 시내의 모습도 감상한다. 오랜만에 맘의 여유를 느낀다. 긴장된 시간 속에 7080 시대의 통기타 노래를 들으니 옛날 대학생 때가 생각난다.

오후 5시에 간호사가 들어와서 체온을 잰다. 간호사는 "체온 36.9℃ 정상입니다. 혈압, 산소포화도 모두 정상입니다." 하면서 옷는다. 나에겐 "이젠 퇴원해도 됩니다."란 소리로 들린다. 모든 데이터가 정상이라니 이제는 기분도 참 좋다. 이어서 다른 간호사가 저녁을 들고 병실로 들어온다. 저녁으로 나오는 죽도 맛있게 다 먹었다. 며칠 사이에 밥 먹는 게 완전히 달라졌다. 반찬으로 나오는 고등어 맛이 일품이다. 이젠 입맛도 완전히 돌아왔고 구토증세도 완전히 없어진 듯하다.

오늘 제천에 처음으로 코로나19 사망자가 나왔다는 소식을 들었다. 그동안 확진자는 계속 늘었지만 사망자가 나오지 않아서 다행이었는데 오늘 그 희망이 깨져버렸다. 그것도 나와 같은 날 확진을 받은 자가 사망했다는 소식이다. 나와 동일한 날짜에 충주의료원에 입원했다고 한다. 내가 충주의료원에 입원했을 때를 생각해 본다. 보건소 구급차가 아파트로 들어오는 걸 봤는데 한참 후에 내가 살고 있는 동 앞에 섰다. 보건소 직원들의 안내를 받아 차에 올라보니 이미 한 명이 고개를 숙이고 뒤에 앉아 있었다. 내가 사는 아파트에서 다른 한 명을 먼저 태운 모양이다. 이어서 다른 아파트로 가서 또 한 명을 태워 내 옆에 앉혔다. 그리고 3명은 아무 말 없이 충주의료원에 도착했다. 나와 다른 한 명이 502호로 배정되었고 가장 먼저 탔던 환자는 어디로 배정되었는지 모른다. 오늘의 사망자는 우리 아파트에 살고 있었고 그의 부인도 나보다 하루 전에 코로나로 확진이 되어 생활치료센터에서 며칠 전 격리해제 되었단다. 오늘의 사망자가 나와 구급차로 함께 이동했던 그 환자인 것 같다. 나이도 나와 비슷하다. 그 환자 생각을 하니 등에서 땀이 흐른다. 나도 고비를 넘기지 못했으면 큰일 날 뻔했다는 생각이 든다.

오늘도 한국에서의 코로나19 신규 확진자는 718명이다. 어제
1,000명을 넘었던 신규 확진자가 700명대로 조금 줄었다. 코로나19
의 기세가 꺾인 걸까? 제천도 오늘 하루 12명의 신규 확진자가 나왔
다. 지난 3주 동안 제천은 확진자가 200명 가까이 증가하였다. 이제
한국의 코로나19 확산이 좀 꺾이고 안정을 찾았으면 좋겠다.

○ 아내의 일기

오전에 아들과 함께 코로나 검사를 하고 왔다. 어제 내린 눈 때문에
도로는 빙판길이다. 차를 세워두고 보건소 검사소까지 걸어갔다.
자가 격리 중 매일 청소와 빨래를 했으나 오늘도 쉴 수가 없다. 집
안 일이 끝도 없는 듯하다. 어느 정도 마무리는 되어가고 있다. 매
일 매일 힘든 하루가 계속되고 있다. 오늘 받은 코로나19의 검사결
과가 내일 나온다. 내일 결과가 좋았으면 하는 바람이다.

남편이 이제 정상 컨디션으로 가고 있다는 소식에 힘을 얻는다. 어
머니께 전화를 드려보니 다행히 어머니도 조금씩 기력을 회복해
가시는 듯한데 목소리는 여전히 기운이 없으시다. 어머니도 상태가
빨리 좋아지셨으면 좋겠다. 어머니가 고령이라서 언제 상태가 악화
될지 모르니 걱정 또 걱정이다.

아내, 아들
자택격리 해제

2020년 12월 15일(화)

오늘 반갑지 않은 한파가 왔다. 이곳 충주의 아침 기온이 영하 17℃다. 대단하다. 그러나 병실에서는 추위를 잘 느끼지 못한다. 새벽 6시에 간호사실에서 전화가 온다. "안녕하세요." 내가 먼저 인사를 했다. 간호사는 어젯밤 잘 잤는지, 특별한 증세가 없는지 물어본다. 나는 어젯밤 잘 잤고, 가끔 기침이 나긴 하지만 특별한 증세도 없다고 했다. 이어서 다른 간호사가 들어와서 체온과 혈압 등을 잰다. 체온은 36.6℃ 정상이란다. 혈압 등도 모두 정상이라고 한다. 하지만 아직 잔기침이 있어서 가래, 기침약을 주며 오늘도 세 번 복용하란다. 이젠 모든 게 정상인데 좀 걱정이 된다.

7시에 아침이 왔다. 이제는 입맛이 거의 돌아와서 식사하는 데는 거의 문제가 없다. 반찬까지 다 먹었는데도 더 먹고 싶다. 정상이다. 간식으로 딸이 보내준 영양갱과 과자를 먹으면 영양 보충이 될 것 같다. 그동안 나를 괴롭히던 입맛이 돌아왔으니 이제 먹는 것은 전혀 걱정이 없다. 코로나19와의 싸움에서 확실하게 이기기 위해서 지금부터는 더 잘 먹자.

오늘은 어제 받은 코로나19 검사 결과가 나오는 날이다. 기분도 좋고 상태도 좋다. 결과가 음성이 나와서 퇴원하라고 했으면 좋겠다. 아내와 아들도 오늘 검사결과가 음성이 나와서 자택격리가 해제되었으면 좋겠다. 결과를 기다리는 긴장의 시간이 계속된다. 스마트폰으로 문자 알람소리가 들린다. 반가워서 스마트폰을 확인하니 제천시에서 보낸 안전 안내문자다. 오늘 오전 8시 현재 제천에 4명이 확진되었다고 한다. 그런데 그중 한 명은 자택격리 해제 예정자라고 한다. 오늘 아내와 아들이 자택격리 해제 예정자인데 갑자기 겁이 덜컥 난다. 혹시 오늘 결과가 나오는 아내와 아들 중 한 명이 양성이 된 건 아닐까? 걱정이 몰려온다. 아들에게 전화를 했다. 혹시 제천시 보건소에서 연락이 왔냐고 물어보니 아직 어떤 문자도 없단다. 걱정 또 걱정이다.

오전 8시 반쯤 아내와 아들이 어제 받은 코로나 검사 결과 음성판정을 받아 자택격리가 해제되었다는 연락이 왔다. 걱정을 많이 했는데 이제는 안심이다. 2주 자가 격리되는 동안 얼마나 불편했을까? 미안하다. 2주간 근무하지 못했던 아내가 내일 출근한단다. 제천에 있는 가족은 걱정에서 해방되었고, 이제는 나의 검사 결과가 걱정이다.

10시 50분쯤 과장님이 오셨다. 이 병실 세 명의 환자 모두가 코로나 검사 결과 양성이란다. 환자 세 명 모두 실망스런 눈빛이다. 하지만 과장님은 검사 결과가 비록 양성이지만 그동안의 임상결과를 봤을 때 퇴원이 가능하다고 한다. 또한 지금 타인에게 코로나를 전염할 염려는 전혀 없다고 한다. 그러나 병원에 좀 더 있을 수 있으니, 걱정이 되는 사람은 퇴원하지 말고 희망자는 퇴원해도 된단다. 다른 환자두 명은 퇴원을 원한다. 그들은 증상이 거의 없었고 병실에서 먹는약도 거의 없었다. 나는 순간적으로 고민이 된다. '코로나 검사 결과가 양성이다. 아직도 가끔 잔기침이 나서 약을 계속 먹고 있다.', '아직 나는 퇴원이 좀 빠른 게 아닌가? 다음 코로나 검사에서 음성이 나오면 퇴원해야겠다.'라고 생각했다.

결국 나는 아직 좀 더 있어야겠다고 했고, 다른 두 사람은 퇴원을 희망했다. 과장님은 나를 제외하고 다른 두 사람은 오늘 퇴원수속을 밟도록 하겠단다. 나도 밖의 맑은 공기를 빨리 들이켜고 싶고 자유를 원하지만 잠시 참자!

가족의 카톡에 오늘 코로나 검사 결과가 양성이 나왔다고 하니 모두 걱정이다. 그러나 이제는 타인에게 전염의 우려가 없다고 했다. 어머니께도 연락드렸다. 어머니도 내가 양성이지만 회복이 거의 다된 모양이라고 하시면서 좋아하신다. 아들 딸, 그리고 형제들이 모두 걱정하고 있지만 그래도 다행이란다. 어머니는 상태가 많이 좋아졌다고 하신다. 나는 어머니의 상태가 항상 걱정이 되었는데 오늘도 어머니의 상태가 좋아지고 있어서 다행이다. 이제 어머니도 고비를 넘기고 완전히 회복 상태로 접어든 것 같다. 빨리 어머니도 회복하셔서 퇴원을 하면 좋겠다.

12시 점심이 왔다. 이번 점심이 병실의 세 환자 중 두 명과는 마지막으로 함께하는 식사다. 그들은 모두 집으로 돌아간다는 마음으로 들떠 있다. 나도 '오늘 퇴원한다고 말할 걸 그랬나?' 후회도 해 본다. 점심을 먹은 후, 그들은 모두 퇴원하기 위한 짐을 챙긴다. 집이 충주에 있는 환자는 아들이 1시 반쯤 와서 환복을 하고 우리와 인사하고 떠났다. 집이 나와 같은 제천의 환자는 그의 아내가 차를 가지고 와서 2시쯤 떠났다. 병실에 나 혼자만 덩그러니 남았다. 세 명이 함께 있던 방에 나 혼자만 덩그러니 남으니 참 쓸쓸하다. 먼저 떠난 두 명은 큰 증세가 없이 2주가 지나갔다. 나만 열흘 정도 증세가 많이 나타나서 매우 힘들었다. 이제 나도 거의 회복이 된 상태다. 아직 잔기침이 가끔 나긴 한다.

그동안 함께하던 그들이 떠나고 난 뒤, 병원 직원들이 와서 그들의 침대와 사용하던 병실 테이블들을 모두 소독했다. 그걸 보고 있는 나는 기분이 좀 이상하다. 다음 코로나19 검사를 받으면 그때 퇴원을 하겠다고 생각하며 간호사실에 전화했다. 다음 코로나19 검사는 언제 있냐고 물어보니 이제 코로나19 검사는 예정되어 있지 않다고 한다. 만일 필요하다면 과장님께서 검사 여부를 결정해서 다시 검 사를 받아볼 수는 있다고 한다. 그러나 이번 주 초에 검사를 받았기 때문에 당분간은 검사 의미가 없단다. 내가 생각하던 것과는 좀 다르 다. 이제는 지금까지의 임상의 결과를 토대로 최종 퇴원은 과장님과 상의해서 결정하면 된단다. 오늘 과장님이 이제는 타인에게 전염의 우려가 전혀 없다고 했으니, 내일이라도 퇴원하고 싶다. 내일 아침에 과장님이 오시면 상의해 봐야겠다.

내가 기술자문을 하고 있는 (주)S사 대표님이 전화해 주셨다. 그곳 에서도 연구원 한 명이 확진자로 판명되어 연구실에 함께 근무했던 연구원들은 모두 2주간 자택격리되었다고 한다. 연구실이 폐쇄된 것 이다. 이젠 정말 코로나19가 우리 가까이 와 있는 듯하다. 서울서도 매일 200명이 넘는 환자가 속출하고 있어서 이젠 전국 어디에도 안전 한 곳이 없는 것 같다. 대표님은 나의 지금 상태를 물어본다. 지금 내 몸이 많이 좋아졌다고 얘기하니 천만다행이라고 하신다.

2주일간 함께하던 동료(?) 환자가 모두 병실을 떠나가고 나니 갑자 기 외롭고 기분이 이상하다. 이상한 기분으로 오후가 지나가고 어두 운 밤이 오고 있다. '다음 코로나19 검사 예정도 없다고 하니 나도 함 께 퇴원할 것 그랬나?' 하는 후회가 갑자기 밀려온다. 병실을 소독하 는 직원에게 물어보니 오늘 밤이나 내일 다른 환자들이 이 병실에 입 원할 거란다. 새로운 환자가 들어오면 그들로부터 활성화된 코로나 바이러스에 내가 또 영향을 받지는 않을까? 새로운 환자들은 활성 코로나 바이러스를 가지고 있는데…. 걱정이 앞선다. 그런 생각을 하니 퇴원하고 싶은 생각이 점점 강해진다.

6시가 되니 간호사가 저녁을 들고 병실로 들어왔다. 이제는 나 혼자다. 병실이 조용한 절간 같다. 그동안 환자들끼리 서로 잘 쳐다보지도 않았지만 그래도 옆에 있어서 서로 위안이 되었는데 지금은 덩그러니 나 혼자서 쓸쓸한 저녁식사를 했다. 그래도 저녁은 반찬까지 모두 먹었다. 이젠 입맛이 완전히 돌아온 듯하다. 아직도 남아있는 잔기침도 없어지려면 많이 먹어야 한다. 저녁을 먹고 나니 간호사가 들어와서 체온과 혈압 등을 체크하더니 체온은 37.0℃라며 정상이란다. 나 혼자만 있으니 체크하기도 무척 간단하다.

새로운 환자가 이 병실에 오기 전에 퇴원할 수 있다면 퇴원하게 해달라고 하고 싶어서 간호사실에 전화했다. 혹시 내일 퇴원할 수 있는지 물어보면서 가능하다면 퇴원을 희망한다고 했다. 간호사는 퇴원의 결정은 과장님께서 하기 때문에 자기는 결정을 할 수 없고 과장님께 말씀드린 후 결과를 알려주겠다고 한다. 조금 있으니 간호사가 들어와 과장님의 퇴원 허락이 내려졌다고 하면서 내일 퇴원자용 비닐봉지 하나를 준다. 비닐 안에는 내일 쓰고 갈 마스크, 장갑 그리고 '코로나19 입원환자 퇴원 후, 주의사항'이 들어있다. 이제 정말 퇴원하나보다. 새로운 환자가 오기 전에 퇴원할 수 있을 것 같다.

가족들에게 연락했다. 오늘 자택격리 해제가 된 아내, 아들 그리

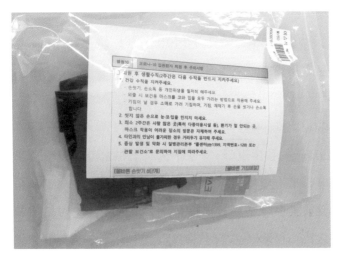

퇴원자 주의사항과 제공받은 마스크

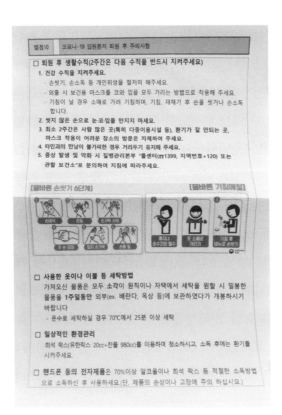

퇴원 후 주의사항이 담긴 종이

고 걱정하던 딸들, 모두 좋아한다. 어머니와 형제들에게도 연락드렸다. 걱정하던 형제들도 축하를 보내준다. 특히 어머니가 참 좋아하신다. 어머니는 "이렇게 좋은 날이 오는구나. 고맙다" 하신다. 당신의 건강보다 아들의 건강이 걱정되시는 울 어머니다. 이런 게 모든 어머니의 마음일까? "이제 어머니만 빨리 회복해서 퇴원하시는 일만 남았어요." 내가 어머니께 말씀드리니, 어머니는 "퇴원해서 건강한 모습으로 보자." 하신다.

7시 반에 택배기사에게 연락이 왔다. 집에서 보낸 택배가 도착했다고 한다. 퇴원 시 입을 옷을 아내가 이웃에게 부탁해서 택배로 보냈다. 아내와 통화했다. 아내는 병원에서 입었던 옷과 신발은 모두 버리고 새로 보낸 옷을 입고 퇴원하란다. 신발도 보냈으니 새 신발을 신고 오란다. 아내는 이제 자택격리가 해제되어 자유스러워졌다고 하면서, 내가 내일 퇴원한다고 하니 이제 안심이 된단다.

간호사실에서 전화가 왔다. 내일 퇴원하는데 퇴원자용 비닐봉지를 받았는지 물어본다. 받았다고 하니까 오늘 퇴원한 사람들이 준비하는 것과 동일하게 자세히 읽어보고 퇴원의 준비를 하란다. 퇴원 후에도 항상 마스크를 쓰고 다니고, 많은 사람들이 가는 곳에는 가지말고… 하면서 비닐봉지에 들어있는 '퇴원 후 주의사항'의 내용을 자세히 설명해 준다. 이곳 의료진들 덕분에 상태도 많이 좋아져서, 퇴원을 할 수 있어서 참 감사함을 느낀다. 그들의 이름과 얼굴도 잘 모르지만 그들은 정말 천사다.

며칠 전에 제천시청 담당공무원이 나에게 문자를 했다. 혹시 퇴원하게 되면 문자나 전화로 알려달라고 했다. 알려주면 제천시청 차량이 귀가를 도와준다고 한다. 제천시청 직원도 참 친절하다. 내일 퇴원이 확정되었다고 제천시청 담당자에게 문자를 보냈더니 금방 전화가 왔다. 내일 제천시청 차량이 충북대병원, 청주의료원을 들러 충주의료원에 오후 한 시쯤 도착할 예정이라고 한다. 차량의 시간이 변동되면 다시 연락 주겠다고 한다. 참 친절하고 상냥하다. 그리고 귀가 차량을 제공해 주는 제천시청에도 감사한 마음이 생긴다.

　　오늘도 한국의 코로나19 신규 확진자가 880명이란다. 제천은 신규 확진자가 6명이라고 한다. 코로나19의 기세가 정말 대단하다. 엄청난 코로나19의 기세가 전국을 휩쓸고 있어서 큰일이다. TV 뉴스에서는 이제 신규 환자를 입원시킬 병실이 모자란다고 아우성이라는 소식이 계속 들린다.

4

퇴원 그리고 다시 찾은 행복과 평화

퇴원

드디어 오늘 퇴원일이다. 입원 17일 만이다. 오늘 충주의 새벽 기온이 영하 16℃다. 연일 동장군의 기세가 대단하다. 나는 정말 추운 날 퇴원한다. 그러나 날씨가 더 춥다고 해도 퇴원을 한다는 사실은 기분을 엄청 좋게 한다. 새벽부터 퇴원 때문에 기분이 흥분되어 있다.

새벽 6시에 간호사실에서 전화가 왔다. 오늘 퇴원한 후의 주의 사항 등을 자세히 얘기해 주며 최종 확인을 한다. 그동안 정말 감사했다고 말하니 오히려 나에게 감사하단다. 6시 20분에 간호사가 들어오더니 마지막으로 체온과 혈압 등을 체크한다. 마지막 체온은 36.9℃ 정상이다. 나머지 모두 최종 정상이란다. 이 간호사에게도 감사를 표했다. 간호사는 나에게 택배가 왔다고 하는데 내용이 뭔지 물어본다. 택배의 내용은 오늘 입고 갈 옷과 신발이라고 했다. 조금 있다가 환복을 할 수 있도록 보내주겠다고 한다. 오늘 퇴원인데도 오늘 먹을 약을 준다고 한다. 끝까지 신경을 써 주신다. 감사하다. 간호사는 오늘 제천시청에서 제공하는 차량이 오후 한 시쯤 오기로 했다고 하면서, 점심 먹고 그 차를 타고 귀가할 수 있도록 점심도 제공하겠단다. 자세한 설명과 도움에 감사한다. 제천시청과 충주의료원에서 서로 환자들의 정보를 공유하며 환자를 돕고 있는 것 같다. 대한민국이 참 좋은 나라다.

7시가 되니 간호사가 아침을 가지고 들어온다. 아직도 계속 죽이다. 아침을 맛있게 먹었다. 8시에 간호사실에서 또 전화가 온다. 아직도 가끔 잔기침이 나니, 퇴원 후에도 먹을 수 있도록 기침약을 일주일분 더 주겠단다. 감사하다. 그리고 퇴원 후에 주의해야 할 사항에 대해서 또 자세히 설명해 준다. 특히 퇴원 후 외출이 가능하기는 하지만 최소 2주 동안은 스스로 자택에 머물고 가능한 한 사람들과의 접촉을 피하는 게 좋겠단다. 또한 실내에서도 항상 마스크를 쓰고 있으란다. 그리고 제천시청에서 귀가 차량을 제공해 준다고 하며, 제공차량이 도착하면 직원들이 차량까지 안내해 줄 예정이니까 병실에서 대기하고 있으란다.

아내한테서 전화가 왔다. 나의 코로나19로 인한 병원의 입·퇴원 증명서가 필요하단다. 간호사실에 전화해서 물어보니 격리해제 증명서는 별도로 발행하지 않고 원하면 입·퇴원 증명서를 발급해 준단다. 전화로 입·퇴원 증명서를 신청한다고 했더니 알았다고 한다. 증명서를 발급해서 병실로 보내 주겠다고 한다. 퇴원할 때가 되서 그런지 간호사들도 더 친절하고 상냥한 느낌이다. 참 감사하다. 감사한 분들이 정말 많다.

10시 반에 과장님이 오셨다. 과장님이 마지막으로 나의 증상을 물어본다. 가끔 잔기침이 조금 있지만 괜찮다고 했다. 잔기침은 퇴원 후 곧 없어질 거라고 한다. 이제 코로나19 증상이 거의 사라졌고 감염의 우려도 없으니 퇴원해도 되는데, 혹시라도 퇴원 후, 열이 있거나 증상이 생기면 빨리 보건소에 연락하라는 당부를 강조하신다. 오랜 기간 동안 잘 치료해 주서서 감사드린다며 감사의 인사를 드렸다. 입원하고 17일 동안 이곳 병원에서 정말 고생도 많이 했지만 친절한 의료진의 도움으로 호전되어 퇴원한다고 하니 이곳 여러분들에게 더욱 더 감사함을 느낀다.

간호사가 어제 온 택배와 약을 가져다준다. 오늘 입고 나갈 옷과 내가 퇴원 후 먹을 약이다. 퇴원 후에도 일주일간 먹을 약이 아직도 참 많다. 옷을 점검하니 아내의 메모가 들어있다. "사랑하는 남편! 그동안 고생하셨어요." 오히려 내가 아내에게 감사하다. 순간 내 눈앞에 아내의 웃는 모습이 스쳐 지나간다. 택배 안에는 내의부터 신발까지 모두 들어있다. 아내가 입원할 때 입은 옷은 모두 버리라고 했다. 이제 내가 그동안 병실에서 사용했던 물건들을 모두 정리했다. 이불과 쿠션 베개, 면도기 등 병원에서 사용했던 모든 것을 검은색 비닐에 담으니 양이 꽤 많다. 이제 정말 퇴원한다는 느낌이 든다. 마지막으로 샤워를 하고 아내가 보내준 옷으로 모두 갈아입었다. 그리고 집으로 가져갈 물건인 핸드폰과 노트북 등을 정리했다. 이제 점심만 먹고 가면 된다. 제천시청 직원의 전화가 왔다. 차량이 조금 늦어서 한 시 반쯤에 도착할 거라고 하며 조금 더 기다리란다. 17일도 기다렸는데 30분 정도야 당연히 즐겁게 기다릴 수 있지! 모두 친절하게 정보를 준다. 제천시청에도 감사하다.

두 명의 동료 환자가 어제 모두 퇴원하고, 새로운 환자가 이 병실로 오면 그들의 활성화된 코로나19 바이러스가 나에게 영향을 주지 않을까 걱정했는데, 다행히 새로운 환자가 들어오기 전에 퇴원하게 되었다. 이제 병실에서 새로운 환자에 대한 걱정이 사라지니 기분이

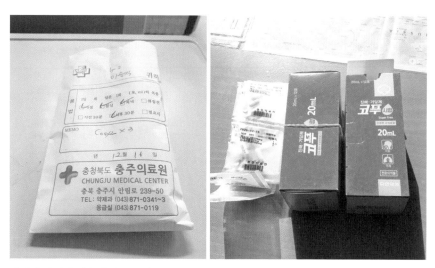

기침과 가래가 멈추지 않아 퇴원 후에 먹을 약을 제공받다

더욱더 좋다.

　11시가 넘으니 배가 고프다. 12시가 넘었는데도 점심이 오지 않는다. 퇴원한다고 하니 내 맘이 급해지나 보다. '오늘 점심을 준다고 했는데 잊어버린 게 아닌가?' 생각하고 있는데 간호사가 점심을 가지고 병실로 들어온다. 이게 병실에서의 마지막 식사다. 식사를 마칠 때쯤 간호사가 들어오며 오전에 신청한 입·퇴원증명서를 준다. 어제 병원 측에서 제공한 새 마스크를 쓰니 이제 퇴원할 모든 준비는 끝났다. 모든 준비를 끝내고 제천시청 차량이 도착할 때까지 침대에 누워 잠시 휴식을 취한다.

　오후 1시 20분쯤에 방호복을 입은 직원 두 명이 병실로 들어온다. 나를 태워 줄 제천시청 차량이 도착했으니 가자고 한다. 외투 위에 병원에서 제공한 비닐 옷을 입고 장갑을 끼니, 입원할 때와 마찬가지로 휠체어에 나를 태운다. 내 가방은 함께 온 직원이 들고 따라온다. 나는 휠체어에 앉아 있으면 되니 편하긴 하다. 입원할 때 휠체어 탄 기분과 퇴원할 때의 기분이 전혀 다르다. 이제는 집으로 간다는 생각에 내가 좀 흥분한 것 같다. 다시 코로나19 병동에서 밖으로 나오는 기나긴 길을 지나간다. 가는 중간 중간에 직원들이 점검을 한다. 철저하게 격리하는 모습들이다.

　건물 출구에서 비닐 옷과 장갑을 벗고 마지막으로 소독을 하고 나니 외부 세계다. 이제 내 맘대로 다닐 수 있는 자유다. 앞에 제천시청

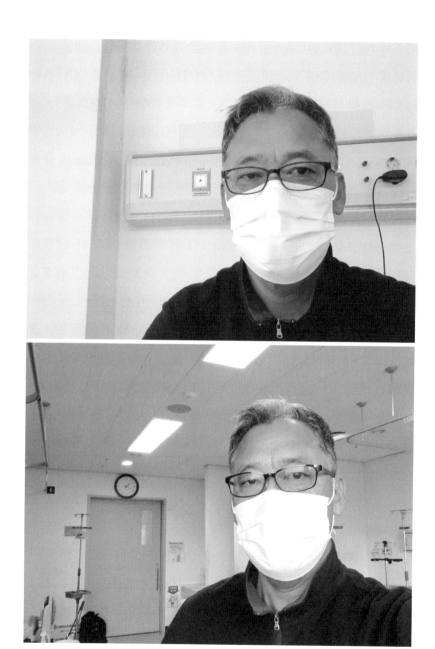

샤워와 면도를 하고 퇴원 준비를 마친 모습

버스가 기다리고 있다. 병원 직원들에게 감사의 인사를 드리고 버스 기사의 안내를 받아 버스에 올랐다. 기사는 내 이름을 확인하고, 내가 마지막 승객이라고 하면서 제천으로 출발한다. 미니버스인 이 차량은 아산생활치료센터, 충북대병원, 청주의료원 그리고 충주의료원을 돌며 환자를 이동시킨단다. 제천시청에서도 많은 배려를 해 주신다. 참 감사하다.

차창 밖으로 보이는 경치는 입원하기 전과 좀 다른 듯하다. 물론 그사이에 눈이 와서 달라진 것도 있지만 우선 내 마음이 많이 달라졌다. 한 시간 정도의 시간이 지나서 제천에 도착하니 기분이 새롭다. 하차했다. 처음 입원할 때는 구급차에 승차할 때 방호복을 입은 직원들이 나를 따라다니며 소독을 하는 등 죄를 진 사람들이 호송차에 이끌려 타는 것 같았지만 지금은 다르다. 하차한 후에도 나를 따라다니는 사람이 없다. 나 혼자다. 이제 자유롭다. "너 코로나 확진자지?" 물어보는 사람도 없다. 확진자가 되고 나서 내 주위에는 가족뿐만 아니라 어느 누구도 나에게 가까이 오지 않았고, 내가 만지던 모든 물건은 소각되거나 소독했었다. 그때부터 나는 자유스런 사람이 아닌 누구나 꺼리는 사람, 즉 가까이하기엔 너무 먼 당신이 되었었다. 그러나 이제는 해방이고 모든 행동이 자유스럽다. 자유!

하차한 지점에서 집까지는 걸어서 10분 정도 걸린다. 집으로 걸어가는 길에는 추워서 그런지 사람이 없다. "찬스다." 잠시 서서 마스크를 내리고 병실에서 마시고 싶었던 자연의 신선한 공기를 마음껏 마신다. 그동안 병원의 음압병실에서의 마시던 공기와는 차원이 다르다. 지금 느끼는 신선한 공기 맛이 달다. '왜 지금까지 60년 동안, 자연은 나에게 이렇게 좋은 공기를 제공해 주었는데 나는 감사하지 못했을까?' 후회를 하며 마스크를 다시 쓰고, 집에 도착하니 오후 2시 50분이다.

집에는 아들이 기다리고 있다. 아들이 반갑게 맞이한다. 2주간 자택격리로 힘들었을 아들에게 "자택격리로 힘들었지?" 하니 아들은 "아빠가 퇴원하시니 더 좋아요." 오히려 나를 위로한다. 집의 환경이 많이 바뀌어 있다. 나와 어머니가 차례로 병원으로 출발한 후에 온 집안에 소독을 하고 두 명이 사용하던 물건은 대부분은 버렸다고 한다. 그러나 집에 오니 마음이 편안하다. 일단 집에 와서 샤워를 먼저 했다. 2주일 넘게 자란 손톱과 발톱을 정리하려니 손톱깎이가 없다. 그동안 내가 옆에 두고 사용하던 물건들은 모두 폐기했단다. 한참 동안 찾아서 그동안 사용하지 않던 손톱깎이를 하나 겨우 찾았다. 사워하고 손, 발톱 등을 정리하니 이제 사람 같다.

이어서 나의 귀가 소식을 가족의 카톡에 올리니 모두 좋아한다. 이제 청주의료원에 계시는 어머니만 퇴원하면 된다. 나 때문에 2주간 자택격리를 당한 지인분들에게도 연락을 드렸다. 큰 불편을 드려 모두에게 미안하고 죄송하다. 다행히 그분들은 건강하게 퇴원한 나를 축하해 준다. 강의를 했던 대학의 학과장님께도 연락을 드렸다. 학과장님과 학생들에도 큰 불편을 드려 엄청 미안하다.

청주의료원의 어머니께 전화드렸다. "엄마, 이제 집에 도착했어요. 엄마의 컨디션은 어떠세요?" 하고 물어보니 어머니는 오늘 혈액검사를 하시고 X-ray를 찍었다고 하신다. 고비를 넘긴 후 며칠째 열도 없고, 식사도 잘 하시는 등 특별한 증세는 없고 정상을 유지하고 있다고 하신다. 어머니도 이제 완전히 회복기간으로 가는 것 같다. 이제 잘 회복되기만 하면 어머니도 며칠 후 퇴원하실 것 같다. 좀 안심이 된다. 그러나 한편으로는 고령이기 때문에 갑자기 증상이 악화될 수 있다는 생각에 긴장을 늦출 수는 없다.

6시 반에 아내가 퇴근했다. 아내도 자택격리가 해제되어 2주 만에 오늘 첫 출근했단다. 아내도 나를 반갑게 맞이한다. 내가 충주의료원에서 받은 퇴원 후의 주의사항을 보더니, 앞으로 2주일간은 격리하고 주의하는 게 좋겠단다. 주의사항에는 외출하지 말라는 말은 없는데 아내는 더 철저하다. 2주간 아내에 의해 자택 격리당하게 생겼다. 또한 1주일 동안 먹을 약을 보더니 아직도 완전치 않다며 걱정한다. 아내가 집에 오자마자 내가 사용했던 핸드폰과 노트북 소독부터 한다. 앞으로 식사도 나는 별도로 주겠으니 혼자서 먹으란다. 물론 각방을 써야 하고, 수건 등 세면도구는 별도로 준비했으니, 따로 쓰고 내가 만진 모든 손잡이는 항상 소독을 하란다. 입원하기 전과 거의 같다. 아내가 병원에서보다 더한 것 같아서 좀 야속하기도 하다.

배가 고파서 냉장고 안에 얼려둔 감을 녹여서 먹으니 감이 좀 차갑게 느껴진다. 감이 목구멍으로 넘어가면서 차가운 느낌을 그대로 느낀다. 순간 '아차! 퇴원하자마자 내가 긴장을 풀었다.' 싶다. 아직 당분간은 긴장을 풀면 안 되는데, 병원에서 기침이 많이 잦아들었었는데 다시 찬 음식을 먹어서 그런지 자꾸 기침이 난다. 기침은 병원에서보다 더 심해졌다. 아내가 보더니 이제는 모든 물도 따뜻한 물만 마시란다. 퇴원하자마자 찬 음식을 먹었다고 핀잔부터 한다. 병원에서 퇴원 후에도 기침약을 일주일분을 주는 이유는 기침 증상이 아직 있으니 절대 찬 음식을 먹지 말라고 하는 뜻이란다. 집에 와서 체온을 재니 35.8℃이다. 한참을 지나니 기침이 좀 잦아지지만 그래도 계속된다. 내가 퇴원했다고 갑자기 긴장을 풀어 몸이 경고하고 있는 듯하다. 아내가 저녁을 별도로 주며 내 책상에서 혼자서 먹으란다. 아내가 좀 섭섭하지만 그래도 집에 오니 정말 좋다.

오늘은 나도 퇴원을 해서 자유의 몸이 되었고, 어머니의 상태도 많이 회복되었으니 오랜만에 나도 병원이 아닌 집에서 잠을 푹 잘 수 있을 것 같다. 가족들과 만나고 아내가 해 주는 밥을 먹고 나니 기분이 참 좋다. 비록 실내에서도 마스크를 쓰고 있지만 아내와, 아들과 함께 얘기하고, 밥은 따로 먹지만 동일한 실내에서 함께 생활하는 것이 이렇게 좋을 순 없다. 소소한 일상생활에서 행복을 느낀다. 이번의 코로나19가 나에게 가르쳐 준 아주 중요한 교훈이다.

오늘 한국의 코로나19 신규 확진자는 1,078명이란다. 코로나19가 한국에서 발견된 이후 최대의 숫자라고 한다. 최다 신규 확진자 수가 계속 갱신되고 있다. 정부에서는 3단계 거리두기를 검토 중이라 한다. 3차 확산에 국민 모두가 긴장하고 있다. 오늘 제천의 신규 확진자는 3명이란다. 좁은 제천에서 3주 사이에 193명이 확진이 되었다고 한다. 정말 무서운 기세다. 오늘 제천의 코로나19 환자 중 2명이 사망했다는 뉴스가 있다. 오늘 사망한 두 명은 요양병원에서 확진된 90대 환자라고 한다. 3주 사이에 벌써 3명이 사망했다. 한국도 제천도 이젠 코로나19로부터 좀 안정되었으면 좋겠다. 코로나19의 확산 기세가 점점 강해져서 모든 국민의 걱정이 깊어진다.

○ 아내의 일기

자가격리가 끝나고 첫 출근을 했다. 17일 만이다. 정말 긴 시간이지만 하루하루 바쁜 날이었다. 학교는 여전히 잘 있다. 아이들이 반가워한다. 선생님 감기 다 나으셨냐고 옆에 와 본다. 퇴근하니 남편이 퇴원해 있다. 남편은 이번에 죽을 뻔했다고 한다. 정말 힘든 날을 보낸 모양이다. 배가 쑥 들어갔다. 빨리 회복했으면 좋겠다. 남편은 퇴원했지만 아직도 어머니는 병원에서 투병 중이다. 항바이러스제 치료로 증세가 많이 호전되었다고 하니 다행이다. 어머니도 빨리 완쾌되어 퇴원하셨으면 좋겠다.

어머니
충북대병원으로 전원

어젯밤은 정말 오랜만에 푹 잘 잤다. 잘 자고 나니 기침도 좀 잦아들었다. 이젠 기침도 멎었으면 좋으련만, 계속 난다. 오늘 아침 제천의 기온은 영하 20℃다. 충주보다 더 춥다. 정말 엄청 춥다. 연일 동장군의 기세가 대단하다. 창문에 성에가 얼어붙어서 밖이 보이지 않는다. 아내가 별도로 아침을 내 방으로 가져다주면서 실내에서도 마스크를 하고 있으란다. 그리고 오늘은 절대 외출하지 말란다. 당부가 참 많다.

나의 몸 상태는 많이 좋아졌다. 기분도 좋다. 이제 정상 생활로 하나씩 하나씩 돌아가고 있는 느낌이다. 그러나 아직도 가끔 마른기침이 나온다. 가래도 조금 있다. 아직 잔기침이 있어서 집 안에서 항상 마스크를 쓰고 생활한다. 식사 후에도 충주의료원에서 준 약을 계속 복용하고 있다. 약의 이름으로 인터넷 조사를 했더니 기침약과 신경 안경제도 들어있다. 코로나19 확진으로 몸과 마음이 붕괴되었는데 과장님은 정신적으로도 충격이 심했다고 판단하셨나 보다. 약을 계속 복용하니 좋아지는 듯하다. 특히 저녁을 먹은 후 약을 먹으면 신경안정제 때문인지 곧 잠이 온다.

아내가 별도로 나에게 아침을 가져다주고 출근한다고 한다. 날씨도 춥고 얼마 전에 내린 눈으로 길도 미끄러워 운전 조심하라고 했다. 아내는 씩씩하게 출근했다. 아내가 출근하고 공부 조금 하다가 온 집 안의 창을 열고 환기를 시킨다. 날씨가 추워서 찬바람이 방 안으로 들어온다. 좀 춥지만 환기를 자주 시켜야 한다기에 환기를 오전 오후에 30여 분씩 한다. 환기를 시키는 동안에 방과 거실을 걷는다. 오늘 6,000보를 걸었다. 일상생활에서 운동이 매우 중요하다는 것을 이번 기회를 통해서 절실히 느꼈다. 협심증의 기저질환이 있는 나는 그동안에 계속 운동을 해 왔기 때문에 코로나19의 고비도 잘 넘기고, 잘 회복하여 퇴원할 수 있었던 것으로 확신한다. 평소에 걷기, 자전거 타기 등의 운동이 내 몸을 좀 더 강하게 했다는 생각이 든다. 이제 운동도 열심히 하고 코로나19 조심도 하는 것이 나와 주변 이웃들의 일상이 되었다.

청주의료원에 계시는 어머니께 전화를 드렸다. 전화를 받으시는 어머니 목소리가 좀 이상하다. 하지만 어젯밤 잘 주무시고 식사도 잘

하셨단다. 이제 입맛도 완전히 돌아왔단다. 금방 목소리가 정상으로 들린다. 어제 받았던 X-ray와 혈액검사 결과는 모두 정상이란다. 감사하다. 계속 열도 없고 별도의 증상도 없다고 하신다. 계속 잘 회복하고 있단다. 다행이다. 고령이라서 갑자기 상태가 나빠질 수 있다고 하니 이것만 조심하면 이제 어머니도 곧 퇴원하실 수 있을 것 같다. 어머니가 완전 회복되어서 퇴원소식을 기다려본다. 나는 퇴원했지만 아직도 내 머릿속에는 온통 어머니 생각뿐이다. 빨리 어머니가 퇴원하셔야 이번 코로나19와의 전쟁은 끝이 난다고 생각하기 때문이다.

　　오후 2시 반에 청주의료원에서 전화가 왔다. 오후 3시에 충북대병원으로 어머니가 전원을 한단다. 가슴이 철렁 내려앉는다. "오전에 어머니와 통화했을 때, 상태가 좋다고 했는데 혹시 그 사이에 어머니 증세가 갑자기 악화된 건 아닐까?" 하는 걱정이 앞선다. 간호사가 충북대병원으로 전원하는 이유를 얘기해 준다. 지금 청주의료원에서 어머니의 모든 증상이 좋아졌으나 X-ray 소견이 좋아지지 않아서 충북대병원에서 치료를 받으면 더 빨리 좋아질 것 같아서란다. 또한 어머니는 80대의 고령이라서 갑자기 폐렴증세가 악화될 때 빨리 대처할 수 있기도 하단다. 이해는 되지만 직접 과장님과 통화하고 싶어서 다시 연락해서 과장님과의 통화를 신청했더니 30여 분 후에 전화가 왔다. 과장님은 목소리가 상냥한 여의사님이다. 간호사와 거의 같은 얘기를 해준다. 지금 어머니의 상태가 위험한 것은 아니고 다만 X-ray상으로 본 결과 폐렴이 호전되지 않아서, 시설이 좋은 충북대병원에서 치료를 받으면 좀 더 빨리 호전될 수 있을 것 같단다. 그리고

X-ray상의 폐렴상태가 좋아지면 좀 더 빨리 퇴원할 수 있을 것 같아서 전원을 결정했단다. 또한 고령이기 때문에 위험상태가 될 수도 있고, 그때 충북대병원에서는 빨리 대처할 수 있다고 한다. 그리고 고령의 환자는 병원에 오래 입원하시는 게 젊은 분들보다 더 힘들고, 퇴원 후 회복기간도 더 길어진다고 한다. 어머니를 빨리 퇴원시키려고 전원시킨다는 생각을 하니 과장님이 더 고맙다. 과장님의 친절하고 자세한 설명에 내 마음도 좀 안정이 된다. 친절하고 상냥하게 설명해 주신 과장님께 감사드린다. 과장님과 통화 후, 어머니의 X-ray상에 나타나는 폐렴증상이 자꾸 걱정된다. 폐렴 치료가 어려우니 충북대병원으로 전원한다는 생각이 자꾸 나서 더욱더 그렇다. 내가 퇴원한 후에도, 어머니가 걱정이 되어 나의 몸 회복이 늦어질 것 같다.

오후 4시 반에 어머니한테 전화가 왔다. 이제 충북대병원으로 전원을 했다고 하신다. 이곳의 시설이 더 좋은 것 같다고 하시면서 같은 병실에는 어머니를 포함해 두 명의 환자가 입원 중이란다. 지금의 건강상태를 물어보니 어머니는 기분도 좋고, 열도 없고, 기침도 없고 입맛도 좋다고 하신다. 코로나19 증세는 거의 없어진 것 같다. 간호사가 와서, 어머니께 "이곳에서 다시 몇 가지 검사를 더 받고 집중치료를 받을 예정"이라고 했단다. 어머니가 이곳 충북대병원에서 집중치료를 받아 X-ray 결과가 좋아지고 빨리 퇴원하셨으면 좋겠다.

오늘 한국의 코로나19 신규 확진자가 1,014명이란다. 이틀 연속 매일 1,000명을 넘었다. 방송에는 3차 대유행으로 3단계 거리두기를 해야 하는지 검토 중이란다. 3단계 거리두기는 국민들의 큰 피해와 불편함을 야기하기 때문에 정부에서 많은 고심을 하는 것 같다. 오늘 발표된 제천의 신규 확진자는 4명이고 지금까지의 확진자가 197명이다. 좁은 제천에서 너무 많은 확진자가 나왔다. 하루 4명이라고 아직 안심하기에는 이르다. 계속 지켜봐야 한다.

○ 어머니의 일기

X-ray는 수도 없이 찍으러 온다. 병실에서 많은 조언을 해주던 환자가 퇴원한다고 준비를 한다. 축하해 줄 틈도 없이 비닐자루차가 병실로 들어와서 나를 태운다. 무슨 일인지 물으니 충북대병원으로 옮긴단다. 왜냐고 물으니 잘 모른단다. 비닐자루차에 실려 나오면서 마주 보던 환자와 손을 흔들고 작별하지만 나는 다른 지옥으로 가는 기분이었다. 거리가 멀지 않은지 금방 충북대병원에 도착한다. 입원실의 침대에 누우니 옆 침대의 환자가 보인다. 그 환자는 나랑 같은 날 입원한 환자라고 한다.

○ 아내의 일기

어머니는 폐렴이 호전이 없어 청주 충북대병원으로 옮기셨다. 어머니는 충북대병원을 맘에 들어 하신다. 그나마 빨리 회복하셔서 모든 것이 정상으로 가고 있다고 하신다. 다행이다.

퇴원한 남편이 빨리 정상으로 회복이 되어야 한다. 그는 아직도 환자다. 실내에서도 마스크를 쓰고 있어야 한다. 퇴원 후의 모습은 전혀 힘이 없어 보이고, 약의 효과 때문인지 자꾸 잠을 잔다. 잠을 이렇게 많이 자도 되는 건지…. 기침도 많이 한다. 퇴원을 해서 좋기는 하지만 내가 어떻게 해야 남편이 예전의 모습으로 빨리 돌아올 수 있을지 생각해 본다.

어머니 집중치료

2020년 12월 18일(금)

오늘 아침도 제천의 기온이 영하 12도다. 며칠째 동장군의 기세는 계속되고 있다. 어제보다는 덜하지만 아직도 많이 춥다. 정말 제천이 추운 곳이다. 추워서 그런지 나의 기침 증세는 좀 잦아들긴 했으나 그칠 줄 모르고 계속된다. 병원에서 주는 약을 하루에 세 번씩 계속 복용하고 있는데도 기침이 계속되니 나도 아내와 가족들도 걱정이 많다. 내가 아직 퇴원이 좀 이른 상태일 때 퇴원한 건지 모르겠다는 생각이 자꾸 든다. 퇴원 후, 늘 피곤함을 느끼고 잠도 많이 자고 평상시의 생활이 아니다. 뭘 하려고 해도 집중이 잘 안 된다. 좀 이상하다. 퇴원 후 이틀밖에 되지 않았는데 나의 퇴원 판단이 너무 성급한 것은 아닌지 모르겠다. 하여튼 좀 상태를 더 지켜봐야겠다.

아내가 따뜻한 차와 아침을 내 방으로 가져다준다. 아내는 수시로 내가 만진 전기 스위치의 노브와 문의 손잡이를 소독한다. 정말 철저하다. 아직도 내 손이 닿는 곳은 따라다니며 소독을 한다. 좀 섭섭한 기분이 들지만 한편으로는 당연하다는 생각도 든다. 아침을 먹고 아내는 출근하면서 가끔 환기를 시키라고 한다. 아내가 출근 후, 나는 30분 정도 환기를 시키며 방과 거실을 오가는 운동을 계속했다. 집 안에서 5,000보 걸었다. 이번 일을 계기로 운동이 중요하다는 생각을 하게 되었다. 시간만 나면 몸을 움직이고 운동을 한 후에는 몸이 한층 더 부드러워지고 잠도 잘 온다.

충북대병원의 어머니께 전화를 드렸다. 충북대병원으로 전원한 후, 어젯밤 잘 주무셨다고 하신다. 다행이다. 병원에서 제공된 식사도 모두 잘 드시고 기분도 좋다고 하신다. "어제 집중치료를 받은 후, 몸이 더 좋아진 것 같다. 빨리 퇴원하라고 했으면 좋겠다."고 하신다. 어머니도 빨리 퇴원을 하고 싶으신가 보다. 나도 비슷한 경험을 했으니까 그 기분 충분히 이해한다. 어제 충북대병원으로 전원한 후 코로나19 검사를 하고, X-ray를 찍고 여러 가지 치료를 하기 시작했다고 하시면서, 청주의료원에서보다 좀 더 다양한 치료를 하는 것 같단다. 다행이다. 빨리 X-ray 소견도 좋아져서 퇴원하셨으면 좋겠다.

점심 때가 되니, 아들이 점심을 준비해서 내 방으로 가져다준다. 아들에게도 참 미안하다. 아내가 아들에게 전화해서 나의 점심 준비를 얘기했단다. 점심을 먹고 아들은 제천의 중앙약국에 가서 나의 협심증 약을 받아온다. 두 달마다 나의 기저 질환인 협심증 약을 약국에서 받는데 그동안 입원하는 바람에 약을 거의 다 먹었다. 추운 날씨에 아들은 약국과 슈퍼 등에 들러 필요한 물건들을 사왔다. 아들에게 고마운 마음과 미안한 마음이 든다.

오후에도 30여 분 모든 창문을 열고 환기를 시키는 동안 방과 거실을 걸었다. 환기도 시키고 운동도 한다. 오후에도 3,000보를 걸어 오늘 8,000보를 걸었다. 조금 더 상황이 좋아지면 아파트 옆에 있는 공원에서 운동을 계속하고 싶은 생각이 든다. 아들도 자기 방문을 열어 모두 환기시킨다. 날씨가 좀 춥지만 모두의 건강을 위해서 필요하다. 아직도 가끔 나는 잔기침이 신경 쓰인다. 아직도 피곤하고 기침이 나니 언제 몸 상태가 예전의 상태로 돌아올지 걱정이다. 일주일 정도 지나면 정상이겠지! 스스로 긍정적인 생각을 한다.

일상생활로 빨리 돌아오기 위하여 평소에 하던 공부도 하고 기타도 연습했다. 기침 때문에 노래를 하기가 힘들다. 노래 중간 중간에 자꾸 기침이 나오기 때문이다. 기타 연습 중에 어머니로부터 전화가 왔다. 어제까지 입원했던 청주의료원에서 치료비를 내라는 문자가 왔단다. 문자의 내용을 나에게 보냈다고 하신다. 어머니가 보내주신 문자의 내용은 37,650원을 청주의료원 계좌로 입금시키라는 내용이다. 코로나19 치료는 모두 국가에서 부담하는 걸로 알고 있는데 좀 이상해서 청주의료원으로 전화를 했다. 코로나19 치료 이외의 영양제와 관련한 치료비란다. 며칠 전 청주의료원에서 나한테 전화 와서 입원 중인 어머니한테 항바이러스 치료를 하면 상태가 좋아질 거라고 항바이러스 치료에 동의하냐고 물어본 생각이 난다. 당연히 모든 치료를 하라고 했었다. 영양제도 맞으셨다고 한다. 항바이러스 치료를 받고 어머니의 상태가 좋아지셨다. 통화를 끝내고 청주의료원으로 바로 송금했다.

아내가 퇴근했다. 오늘도 아내는 나에게 저녁을 별도로 준다. 저녁 식사 후, 아내는 충북대병원의 어머니께 전화를 했다. 지금의 상황을 여쭈어 보니 어머니는 엄청 기분이 좋다고 한다. 이제는 어머니와 농담도 하며 웃으면서 전화한다. 시어머니와 며느리의 통화 모습이 참 좋게 느껴진다. 어머니의 상태가 점점 더 좋아진 것 같은 느낌이 든다. 어머니와 통화를 끝낸 아내가 말한다. "어머니가 다음 주에는 퇴원할 것 같다." 내가 바라던 바다. 주말 동안 어머니의 상태가 더욱 더 좋아지셔서 다음 주에 퇴원해서 어머니를 뵈었으면 좋겠다.

한국의 오늘 코로나19 신규 확진자가 1,064명이다. 벌써 3일째 코로나19 확진자가 1,000명을 넘고 있다. TV 뉴스에는 온통 코로나19 특집뉴스뿐이다. 제천의 신규 확진자도 11명이고 그동안 누적 확진자 수가 209명이다. 제천에서도 코로나19 확진자 수가 200명을 넘었다. 제천도 정말 걱정이다. 언제쯤 한국에서 코로나 걱정을 하지 않고 살 수 있을까? 코로나19 백신과 치료제가 더욱 더 기다려진다.

옆의 환자는 침대에서 내려올 수가 없어 대소변을 받아내는 환자다. 그 환자는 밤새도록 간호사를 부르고 앓는 소리가 심해서 내 잠을 방해했다. 견디기가 거북했지만 그 환자보다는 내가 경증이라는 것에 감사했다. 내 마음을 내 스스로 다스렸다. 그리고 일어날 수 있으면 좁은 병실을 걸어 다녔다. 5분을 걷지 못하고 몇 번씩 일어나서 두 발짝, 세 발짝 걷는 정도이지만 더 기운을 잃으면 죽는다는 생각이 든다.

충북대병원으로 옮긴 후, 병실도 깨끗하고 쾌적한 분위기지만 TV도 없고 유튜브도 못 켠다. 간호사에게 물으니 환자 몸 관리에만 마음 쓰란다. 그야말로 무덤 속 같다. 전화 받는 것도 제한적이며 무덤 속 같다는 표현이 딱 맞다. 아침저녁으로 항생제를 맞았다.

운동
시작

오늘도 제천의 기온이 영하 16도다. 엄청난 한파가 매일 계속되고 있다. 정말 춥다. 오늘은 토요일이기 때문에 아내가 출근하지 않아서 아침을 9시쯤 아내가 준비해 준다. 물론 나는 별도로 먹었다. 기침이 좀 잦아들었으나 아직도 잔기침이 나서 말하기가 좀 불편하다. 말하는 중에도 기침이 계속 나온다. 계속 실내에서도 마스크를 쓰고 가족들과의 접촉은 최소로 줄인다. 퇴원할 때 준 약은 아침 점심 저녁으로 먹고 있지만 아직도 기침 때문에 나도 가족들도 걱정이 많다.

아침 식사 후, 아내는 한의원에서 치료를 받고, 시장에 간다고 집을 나선다. 나는 오전 10시부터 30분간 창문을 활짝 열고 환기를 시켰다. 날씨가 추워서 찬바람이 들어오니 좀 춥다. 아들도 좀 춥지만

202

아들 방도 방문을 열고 함께 환기를 시킨다. 환기를 시키는 동안 방과 거실을 왔다갔다 운동을 했다. 오전에 3,000보 정도 걸었다. 실내에서라도 운동을 계속해야 한다.

11시쯤 충북대병원의 어머니께 전화를 걸었다. 어머니가 받으신다. 목소리가 좀 이상하다. "엄마, 목소리가 좀 이상해요? 어디 편찮으세요?" 하니 어머니는 "아니, 괜찮다." 하신다. 목소리도 곧 진정된다. 어제 충북대병원에서 집중 치료를 받았고 상태가 많이 좋아졌다고 하신다. 오늘 기분도 좋고 식사도 잘 하셨다고 하신다. 이제는 몸이 거의 정상으로 돌아와서 지금 기분으로는 퇴원해도 될 것 같단다. 어머니 상태가 좋아진다고 하시니 내가 기분이 좋다. X-ray 소견도 좋아져야 퇴원하는데 주말 동안에 결과가 좋아졌으면 좋겠다. 항상 어머니의 상태가 걱정이 되는데 오늘 기분이 좋다고 하시니 좀 안심이 된다. 어머니가 많이 호전되고 있는 듯하다. 그러나 고령이라서 언제 갑자기 상태가 나빠질지 몰라서, 퇴원하시기 전까지는 마음을 놓을 수가 없다. 어머니가 다음 주 퇴원할 수 있다는 소식을 기다려 본다.

아파트의 이웃이 점심으로 국수를 주신다. 그 집은 평소 우리와 참 친하게 지내고 있는 집인데 나와 어머니가 입원하고 아내와 아들이 격리되는 동안에도 많은 도움을 주셨다. 평소에 자주 우리 집에 오셔서 얘기도 하셨는데, 아내가 자택격리된 2주 동안은 우리 집에 들어올 수도, 얼굴을 마주 보고 말을 할 수도 없으니 아내와 아들을 위한 음식을 해서 아파트 문 밖에 두고 전화하셨다고 하신다. 내가 퇴원할 때 입고 온 옷도 그분들이 택배로 보내주셨다고 하신다. 이 모두가 나 때문이다. 참 감사하다. 이런 이웃들이 있어서 세상이 참 따뜻함을 느낀다.

아내가 한의원에서 치료를 받고 마트에서 필요한 생필품을 잔뜩 사왔다. 차에 잔뜩 싣고 와서 아들이 함께 내리며 나는 나오지 말란다. 자택격리 동안에 아들이 아내를 많이 도와주었다고 한다. 대학에 재학 중인 아들은 코로나19로 모든 수업이 온라인으로 진행되고 있어서 제천 집에 와 있는데, 집안일들을 많이 도와주고 있다. 아내가 와서 점심을 먹었다. 아내와 아들은 식탁에서 나는 별도로 내 책상 위에서 먹었다. 내가 언제 한 식탁에서 가족과 함께 식사를 할 수 있을까? 아내는 퇴원 2주 후부터 함께 식사를 하잔다.

점심을 먹고 난 후, 아내는 설거지를 마치고 가족 모두 의림지로 기분 전환하러 가자고 한다. 오랜만에 외출이다. 자유스러운 외출이 참 오랜만이다. 기분도 참 좋다. 자유가 이렇게 좋은가 보다. 병원에서 그리고 퇴원하고 집에만 있으니 밖에도 나가고 싶었다. 물론 아는 사람들과의 접촉을 피하면서 다닐 생각이다. 날씨도 춥고 코로나19의 영향인지 의림지에는 사람들이 거의 없다. 사람들이 없는 길을 잠시 신선한 공기를 마시며 걸었다. 나는 앞에서 걷고 아내와 아들은 뒤쪽에서 따라온다. 신선한 의림지의 공기가 나의 답답한 마음을 많이 씻어주는 것 같다. 아침에 운동하고 오후 의림지를 걸으니 오늘 운동은 8,000보다. 이제 점점 늘려서 평소의 10,000보를 유지할 수 있도록 높여 가야겠다. 의림지를 출발하여 주천으로 향했다. 주천까지의 드라이브는 나의 기분을 좋게 해 준다. 물론 차에서 내리지 않고 차 안에서 경치만 감상했다. 자주 다니던 곳이지만 오늘은 느낌이 다르다. 오늘 오랜만에 외출로 기분전환했다.

외출 후에는 기타 연습도 했다. 아직도 노래를 하는 동안에 기침이 나와서 노래가 불가능하다. 기침이 자꾸 나오니 노래가 이어질 수가 없다. 그러나 시작한 지 거의 2년 된 기타 연습이 헛되지 않도록 노력해야 한다. 노래를 부르며 기타 연주하는 것은 힘들어도 연주 자체의 연습은 가능하다. 그동안 시간나면 기타 연습도 했으나 이번에는 입원하는 관계로 기타 연습을 오랜만에 한다. 입원하기 전에 계속하던 외국어 공부도 오늘 해본다. 기침이 모든 것을 방해하고 있다. 집중력이 좀 떨어진 것 같다. 코로나19의 후유증인가? 빨리 잔기침도 없어져서 모든 생활이 정상으로 돌아왔으면 좋겠다. 언제 기침이 없어질까? 퇴원 후에도 기침이 너무 오래가는 것 같아서 걱정이다. 기침이 생활에 많은 불편을 주고 있다. 기침이 많이 나니 내가 너무 빨리 병원에서 퇴원한 것이 아닌가 생각이 든다. 기침도 완전히 치료하고 퇴원할걸….

형제들 카톡이 시끄럽다. 병원에 계시는 어머니께 카톡을 보냈는데도 답장이 없어서다. 모두 어머니께 직접 전화하는 것은 자제한다. 어머니가 기침으로 전화 통화가 힘드실 수도, 진료나 처치 중일 수도 있기 때문이다. 그러나 나는 매일 어머니와 통화해서 어머니의 상태를 체크할 수밖에 없다. 내가 오늘 오전에 어머니와 통화한 내용을 카톡으로 알려주니 모두들 안심한다. 형제들 모두 빨리 어머니가 완치되어서 퇴원하시기를 기원하고 있다.

저녁을 먹은 후에 아내가 배즙을 따뜻하게 해서 가지고 온다. 마시란다. "왠 배즙?" 내가 물어보니 아내는 "퇴원 후에도 계속 기침을 하고 있어서 걱정이 많이 되어서 민간요법인 배즙을 한 박스 샀어요. 하루에 다섯 번씩 일주일 정도 먹으면 기침이 사라진대요." 아내가 오전에 나를 위해서 배즙을 한 박스 산 모양이다. 내가 퇴원 후에도 가족들에게 걱정을 끼치고 있구나 생각하니 미안하다. "병원에서 준 약과 배즙을 먹으면 기침이 멎을 거예요." 아내의 배려가 참 감사하다. 하여튼 배즙을 먹고 빨리 기침이 멎었으면 좋겠다. 나는 지금 나의 몸이 정상으로 가고 있다고 생각하고 운동도 하고 공부도 하지만 몸은 나의 생각과 다른 듯하다. 금방 피곤하고 집중력도 떨어지고 기침도 난다. 모든 활동을 중단하고 무조건 좀 쉬라는 몸의 신호는 아닐까?

오늘 한국의 코로나19 신규 확진자는 1,053명이다. 4일 연속 1,000명이 넘는다. 각 뉴스마다 대서특필이다. 이제 3단계 거리두기 기준을 넘고 있는데 3단계 발표를 하느냐 마느냐로 시끄럽다. 신규 확진자는 연일 쏟아지고 있다. 의료 전문가들이 나와서 저마다 코로나19 확산을 막기 위한 제언들을 쏟아낸다. 전국이 병실이 모자란다고 아우성이다. 병원 대기 환자가 자택 대기 중 사망했다는 소식도 들린다. 전국이 점점 코로나19의 확산에 힘들어하는 모습들이다. 하루에 충북의 새로운 코로나 확진자가 103명이란다. 충북도 더 이상 안전지대가 아니다. 오늘 제천의 신규 확진자는 6명이고 그동안 누적 확진자수가 215명이다. 210명을 넘었다. 제천도 정말 걱정이다. 한국이 언제쯤 코로나 걱정을 하지 않고 살 수 있을까?

어머니 호전

오늘 제천의 기온이 영하 17도다. 벌써 일주일째 동장군이 맹위를 떨치고 있다. 퇴원한 이후로 매일 잠을 잘 잔다. 병원에서 퇴원 후 먹으라고 준 신경안정제 때문인지도 모르겠다. 이제 곧 정상상태로 갈 것 같다. 나는 퇴원 4일째다. 퇴원 후에도 계속 나를 괴롭히던 기침이 좀 잦아들었다. 퇴원 시 병원에서 준 약과 아내가 사다 준 배즙의 영향인가 보다. 기침만 멎으면 이제 정상이다.

오늘도 오전 10시 반쯤 창문을 활짝 열고 환기를 30분 시켰다. 날씨가 좀 춥지만 방과 거실을 왔다 갔다 하는 실내 운동을 계속했다. 오늘 오전엔 3,000보를 걸었다. 빨리 정상으로 회복하기 위해서 노력을 많이 하고 있다. 가끔 기침도 하지만 어제보다는 좋아져서 많이 불편하지 않다. 기침은 좀 잦아들었지만 아직 계속되고 있어서 힘을 많이 쓸 수 없다. 쉽게 피곤을 느껴서 오전과 오후에는 한 시간 정도씩 자야 한다. 검진, 확진 그리고 입원 과정을 거치는 동안 몸과 마음이 많이 황폐해진 것이 원인인 것 같다. 퇴원은 했으나 몸이 아직 예전 몸이 아니다. 몸이 정상으로 회복하는 시간이 많이 길어지지는 않을까 걱정이 된다. 기침과 기력저하가 코로나19 후유증은 아닐까?

일요일이라 늦게 아침을 먹었다. 아침을 먹은 후, 충북대병원에 입원해 계시는 어머니께 전화드렸다. 충북대병원에서의 집중 치료가 효과를 보았는지 오늘은 몸 상태가 전혀 이상이 없다고 하신다. 오히려 이제는 이곳에서 지내는 게 심심하시다고 하신다. 휴일 동안 간호사 외에는 아무도 볼 수 없으니 무덤 같다는 표현을 하신다. 몸의 상태가 많이 좋아지시니 이제는 많이 지루하신가 보다. 어머니는 지금이라도 퇴원하실 수 있을 것 같다고 하신다. 빨리 퇴원하고 싶으신가 보다. 나도 병원에서 빨리 퇴원하고 싶었기에 충분히 이해가 간다. 청주의료원에서 문제가 되었던 X-ray 결과만 좋아지면 되는데…. 다음주에 어머니가 퇴원한다는 소식이 기다려진다.

오후에 둘째 딸이 왔다. 퇴원한 아빠가 보고 싶은가 보다. 푹 꺼진 내 배를 만지며 "아빠 배가 많이 들어갔네. 더 날씬해지셨어요." 한다. 내가 병원에서 아무 것도 먹지 못할 때 둘째 딸이 영양갱, 맛동산 등을 택배로 보내주어서 기력을 많이 찾았다. 큰딸은 쿠션 베개와 필요한 물건들도 보내 주었다. 딸들이 이번에 효도를 많이 해서 모두 참 예쁘다. 딸은 아직도 먹고 있는 약을 보더니 "신경안정제도 있고 코푸시럽도 있네." 하며 "이 약들은 잠자는 성분이 있는 약"이라고 한다. 그래서 약을 먹으면 잠을 잘 자나 보다.

오후에는 몸 컨디션을 빨리 정상으로 되돌리는 운동을 하기 위해 의림지까지 혼자 차를 운전해서 갔다. 날씨도 춥고 바람이 많이 불어 사람들이 별로 없다. 이곳에서는 사람을 만날 일도 없어서 걱정이 없다. 가끔 지나치는 사람이 있어도 거리를 두고 지나가고 모두 마스크를 하고 있어서 걱정은 안 된다. 사람은 만나지 않는 외출이 퇴원하고 두 번째다. 외출이 아니고 사람이 없는 곳에서의 운동이다. 의림지를 두 바퀴 돌았다. 오늘은 모두 8,000보 걸었다. 아직도 빨리 정상적으로 걷기에는 무리가 있을 것 같아서 천천히 걷는다. 혹시 내가 의도적으로 빨리 옛 모습으로 가려고 무리를 하는 것은 아닐까? 코로나19로 17일간의 입원생활이 힘들었는데 빨리 몸을 정상으로 만들기 위해 너무 급하게 서두르는 것은 아닐까?

예전의 스케줄로 돌아가기 위한 노력도 계속된다. 이제 외국어 공부도 조금씩 집중이 되고, 기타 연습도 점점 자연스러워지고 있다. 외국어 유튜브를 보며 그들의 생활을 간접 경험하기도 하고, 가수들의 7080 시대의 팝송을 들으니 참 좋다. 나는 언제나 팝송을 기타로 연주하며 노래를 부를 수 있을까? 나는 기타를 늦게 시작했을 뿐만 아니라 아직도 시간을 조금씩 내서 연습하기 때문에 진도는 거북이처럼 늦다. 그래도 기타를 연습하는 동안에는 스스로 노래도 한다.

노래하니 기분도 좋아진다. 기타를 치지 않으면 노래할 일이 거의 없다. 나는 퇴원 후 빨리 예전의 모습으로 완전히 돌아가기 위해 오늘도 노력한다. 아내는 내가 모든 걸 급하게 한다고, "좀 천천히 하세요." 한다.

저녁 때, 어머니께 전화를 드렸다. 어머니가 걱정되니 계속 전화를 하게 된다. 어머니도 아들이 전화하면 좋으신가 보다. 이젠 어머니가 컨디션이 좋아져서 많이 심심하신가 보다. 오늘 낮에도 별일 없이 지내셨다고 하신다. 다만 심심하고 지루하시단다. 집에 온 둘째 딸을 바꿔 주었다. 할머니와 손녀 간에 가끔 웃기도 하고 건강 상담도 한다. 어머니가 지루함에서 조금이라도 벗어났으면 좋겠다. 아직도 우리 집은 어머니가 병원에 계셔서 코로나19와의 전쟁이 끝이 나질 않았다. 어머니가 퇴원하시면 전쟁이 끝나는데 언제 끝날지 모르겠다. 빨리 그날이 왔으면 좋겠다.

오늘 한국의 코로나19 신규 확진자는 최대인 1,097명이란다. 닷새째 신규 확진자가 천 명을 넘기고 있어서 TV뉴스에서는 온통 난리다. 교회, 요양병원 등에서 집단 발병이 많은 모양이다. 제천의 신규 확진자도 5명이 늘어서 누적 220명이다. 확진된 후 사망자도 늘어난다. 벌써 4명이다. 주로 연세가 많으신 분들이다. 지병에 코로나19가 겹친 탓일 게다. 한국에서 코로나19 확진자가 점점 급증하고 있어 걱정이 된다. 당분간은 사람 만나지 않고 '방콕'해야겠다.

어머니 퇴원

2020년 12월 21일(월)

아침 일찍 5시 40분에 어머니한테서 문자가 들어온다. "지금 간호사가 왔다 갔는데, 오늘부터 항생제 주사 안 맞고 몸이 정상을 유지하면 수요일 퇴원해도 된다고 한다." 문자를 보는 순간 기분이 참 좋다. 물론 '항생제 주사 안 맞고'라는 조건이 붙어있기는 하다. 수요일 퇴원하려면 퇴원할 때 입을 옷과 신발을 택배로 보내야 한단다. 오늘 택배로 보내면 내일 도착하고 수요일에 그 옷을 입고 퇴원할 수 있단다. 택배가 문젠가? 어머니가 좋아지셨다는데. 아내한테 얘기하니 벌써 옷들을 준비해 놓았다. 어머니만 퇴원하면 우리 집과 코로나19와의 전쟁이 끝이 난다. 어머니가 항생제 주사를 맞지 않고도 몸이 정상이 되어 퇴원하기를 기도해 본다. 형제들 카톡으로 연락하니, 누나와 동생들도 좋아한다.

충북대병원 간호사실에 전화해서 12월 23일, 수요일 어머니가 퇴원할 예정이냐고 확인하니 그렇단다. 택배 보낼 주소를 다시 확인하고 아내가 미리 준비한 택배를 보낼 준비를 했다. 그동안 내 차로 출근하던 아내가 오늘은 버스 타고 출근하겠단다. 나는 내 차로 택배영업소에 가서 어머니 옷을 택배로 보내란다. 아내를 버스 타는 곳에 내려주고 9시쯤에 우체국으로 가서 우체국 택배로 어머니의 옷을 택배로 보냈다. 이제 어머니는 건강한 모습으로 수요일 퇴원만 하시면 된다. 빨리 건강해지신 어머니를 뵙고 싶다.

택배를 부치고 집으로 오니 아직까지 내 몸이 정상이 되지 않았는지 피곤함을 느껴 잠시 자리에 누웠는데 10여 분 정도 누웠을까, 10시가 좀 넘어서 전화가 온다. 충북대병원이란다. 환자의 이름을 말하며 내가 보호자냐고 확인한다. 그렇다고 하니 본인은 어머니를 치료하고 있는 담당 교수인데, 지금 환자는 상태가 좋아서 당장 퇴원해도 된다고 한다. 혹시 보호자가 오늘 병원에 와서 어머니를 모셔갈 수 있는지를 물어본다. 3주나 되는 어머니의 병원 생활이 힘든 것을 알기에 그렇게 하겠다고 했다. 어머니를 이틀 빨리 뵐 수 있다니 이렇게 반가울 수가 없다. 그러나 이곳이 제천이기 때문에 오늘 오후 2시에서 3시 사이에 병원에 도착할 수 있겠다고 했다. 어머니를 하루라도 빨리 퇴원시켜 드리는 것이 중요하기 때문이다. 다행히 아내가 오늘 차를 두고 출근했기 때문에 어머니를 모시러 청주를 갈 수 있었다.

이어서 간호사실에서 전화가 온다. "충북대병원 간호사실인데요.

좀 전에 교수님과 통화하셨죠?", "예. 제가 2시에서 3시 사이에 어머니 모시러 가기로 했어요." 간호사는 몇 가지 준비해야 할 사항을 얘기한다. 환자가 입고 퇴원할 옷을 준비하란다. 그리고 필요한 서류가 있으면 얘기하란다. 어머니의 입·퇴원증명서와 진단서를 원한다고 했더니 알았다고 하면서 준비해 놓겠단다. 그리고 충북대병원 서관 6층으로 오면 된단다. 내가 코로나19 병동에 일반인이 들어갈 수 있느냐고 물어보니 병동 입구까지는 가능하다고 하며, 병동 입구에 와서 간호사실로 전화하란다. 오후에 뵙겠다고 하고 전화를 끊었다. 어머니가 퇴원하신다고 하니 어머니를 치료하시는 교수님도 간호사들도 모두 멋져 보이고 감사하다.

전화를 끊고 나니 어머니 옷, 택배가 생각이 난다. 좀 전에 신청한 택배가 우체국에서 이미 출발했으면 큰일인데 걱정이 된다. 서둘러 아침에 택배를 부친 우체국으로 가니 다행히 아직 택배가 우체국을 출발하지 않았다. 택배 취소를 하고 택배를 찾아서 집으로 오니 11시다. 아내에게 전화하여 상황을 얘기하니 아내는 내가 휴게소에서 점심을 먹는 것은 사람들을 만날 수 있으니까, 점심은 집에서 간단히 먹고 출발하란다. 아직까지 사람들을 만나는 건 조심해야 하기 때문이다. 그러나 오늘 어머니 퇴원으로 사람들이 많은 병원에 가는 것은 어쩔 수 없다. 어머니의 퇴원이 훨씬 더 중요하기 때문이다.

집에서 점심을 간단히 먹고 11시 반에 청주로 출발했다. 흥분을 가라앉히며 고속도로로 들어섰다. 천천히 운전해서 충북대병원에 도착하니 오후 1시 반이다. 엄청 큰 충북대병원에서 주차도 힘들다. 차들이 너무 많다. 주차를 하고 서관은 쉽게 찾았지만 병원으로 들어가는 입구를 찾지 못하겠다. 코로나19 영향으로 입구 두 곳만 사용한다고 하니 물어물어 어렵게 본관으로 가서 건물 내부로 통하는 통로를 따라 서관으로 갔다. 6층에 도착하니 1시 50분이다. 역시 안으로 들어가는 문이 굳게 닫혀있다. 간호사실로 전화하니 통화 중이다. 여러 번 시도 끝에 통화가 되어 간호사가 나온다. 함께 간호사실에 들어가서 어머니의 입·퇴원 등과 관련된 서류에 서명을 했다. 그리고 가지고 간 어머니의 옷을 간호사에게 전달하고 나니, 원무과에 가서 계산을 하고 신청한 서류를 받아서 다시 간호사실로 오란다. 어머니 퇴원 후, 2주 후인 1월 4일에 X-ray 검진을 하는 게 좋겠다고 하며 그날 어머니를 모시고 오라고 한다.

1층 원무과를 가니, 여기도 사람이 많다. 나는 사람이 없는 한쪽 구석에 서서 나의 순서를 기다렸다. 업무를 보는 창구가 두 개뿐이다. 한참을 기다려 계산을 하고 입·퇴원증명서, 진단서 등을 받아 간호사실로 다시 오니 어머니가 병실에서 사용하시던 물건을 주며, 어머니는 지금 샤워 중이시니 문밖에서 조금만 기다리란다. 3시가 넘었다. 조금 있으니 문 안쪽에 어머니가 보인다. 힘이 없어 보인다. 손을 흔드니 어머니도 나를 보고 손을 흔든다. 병실을 나오시는 어머니의 머리는 염색을 하지 않은 부분이 하얗다. 어머니는 혼자 걷지를 못하신다. 힘이 완전히 떨어지신 것 같다. 그런 어머니를 보니 걱정이 앞선다. 간호사는 지금 어머니의 모든 임상상태는 정상인데 기력이 없으시단다. 혼자 전혀 걸으실 수 없어서, 간호사 한 명이 어머니를 부축하여 휠체어에 태워 간호사실을 나온다. 어머니는 나를 알아보시기는 하지만 눈을 크게 뜨지도 못하시는 것 같다. 고맙게도 간호사는 1층까지 휠체어에 어머니를 모시고 함께 내려간다. 오늘 날씨가 많이 춥다.

간호사에게 내가 주차장에 차를 세웠으니, 잠시 따뜻한 건물 안에 어머니를 모시고 기다리셨다가 내가 차를 가지고 오면 건물 밖으로 나오시라고 부탁했다. 주차장에서 나가는 차들도 많아서 복잡하다. 건물 입구에 차를 정차하고 어머니께 전화해서 나오시라고 하니 간호사가 어머니를 모시고 나왔다. 내 차에 타시는 어머니는 힘이 없어서 부축을 해야만 했다. 거의 어머니를 안고 차에 태운다는 표현이 맞을 정도다. 완전히 기진맥진한 모습의 어머니를 보니 내 마음이 많이 아프다. 내 차에 어머니를 모시고 나니 이제야 어머니가 퇴원하시는 것 같다. 도와준 간호사에게 감사의 인사를 하고 병원을 출발했다. 다행히 어머니가 지친 모습을 보이기는 하시지만 말씀은 좀 하신다. 어머니가 예정대로 이틀 더 입원해서 수요일 퇴원하시면 큰일 날 뻔했다는 생각이 많이 든다.

어머니와 함께 이제 다시 힘내 보자고 하며 하이파이브를 한 후, 충북대병원을 출발했다. 어머니와 함께 제천으로 돌아오는 차 안에서 그동안 병원에서 일어났던 일들을 얘기했다. 어머니는 오늘 새벽에 간호사가 수요일 퇴원얘기를 하기에 수요일까지 기다리기가 힘

216

들 것 같았는데 내가 빨리 모시러 와서 참 좋단다. 병실 밖으로 나와 아들인 나를 보는 순간에 '구세주'라는 느낌이 드셨단다. '어머니가 얼마나 퇴원을 하고 싶으셨을까?' 생각하니 또 눈물이 나려고 한다. 그리고 함께 입원해 있는 환자가 밤새 소리를 질러 잠을 잘 수가 없었단다. 어머니가 며칠 동안 잘 주무시질 못해서 더욱 더 피곤한 듯하다. 그러나 나랑 전화할 때는 "어젯밤 잘 잤다" 하셨다. 아들이 걱정할까봐 그러셨나 보다.

같은 코로나19 증상으로 각각 다른 병원에서 서로를 걱정한 얘기가 끝이 없다. 어머니와 즐거운 시간을 보내며 고속도로를 이용해서 천천히 제천까지 왔다. 어머니는 그동안 입맛에 맞는 것은 요구르트밖에 없었다며 제천에서 슈퍼에 들러 요구르트를 사 가지고 가자고 하신다. 집 근처에 있는 슈퍼에 주차를 하고 어머니는 차에 계시고 나는 빨리 안으로 들어가서 요구르트를 한 박스 사왔다. 요구르트만을 샀기 때문에 금방 돌아왔다. 그런데도 "왜 이렇게 오래 걸렸냐?" 하신다. 어머니는 초조하신지, 그 시간도 매우 길게 느끼셨나 보다.

집에 도착하니 6시다. 깜깜하다. 어머니는 혼자서 차에서 내릴 수도, 걸을 수도 없다. 나의 부축을 받아 차에서 겨우 내리고, 겨우 아파트 안으로 들어서서 엘리베이터를 탄다. 아들이 할머니를 반갑게 맞이한다. 어머니는 피곤하시다며 요구르트를 하나 드시고 바로 침대에 누우신다. 오늘 어머니가 정말 많이 피곤해 보인다. 이불을 덮어드린 후, 어머니께 좀 쉬시라고 문을 닫아드리고 방을 나왔다. 어머니가 빨리 회복하셨으면 좋겠다.

　형제들 카톡에 어머니의 퇴원소식을 전하고, 지금은 어머니가 피곤하시니 정신을 차리시면 통화하자고 했다. 아내는 아직 퇴근 전이다. 조금 있으니 아내가 퇴근해서 어머니에게 인사한다. 아내가 저녁을 준비하는 동안에도 어머니는 침대에서 계속 주무신다. 아마 며칠 동안 잘 주무시질 못해서 많이 피곤하신 듯 보인다. 이제부터 잘 회복해서 예전의 모습으로 빨리 돌아왔으면 좋겠다. 어머니는 고령이셔서 회복 시간도 좀 많이 걸리실 것 같다.

　저녁 준비가 되어 아내가 어머니를 부르니 일어서서 밖으로 나오시는데 다리에 힘이 없어 비틀거리신다. 얼른 가서 어머니를 부축했다. 그래도 어머니는 저녁을 좀 드신다. 다행이다. 오늘은 정말 길고 긴장된 하루였다. 빨리 어머니가 기력을 회복할 수 있도록 많이 드시고 잘 주무시길 기대해 본다. 어머니가 퇴원함으로써 우리 집안과 코로나19의 전쟁은 끝이 나는 것 같다. 나와 어머니의 건강이 코로나19의 후유증으로부터 빨리 벗어나서 정상 생활을 할 수 있기를 간절히 기도한다. "어머니 건강하게 퇴원하셔서 감사합니다." 혼자 어머니께 감사한 마음을 중얼거린다. 저녁 식사 후, 아내는 어머니를 화장실에 모셔 씻기고 옷을 갈아입힌 후, 손톱과 발톱을 정리해 드린다. 아내의 모습이 아름답고 고맙다.

저녁을 먹고 나니, 내가 많이 피곤하다. 오전에 잠시 쉬려는데 충북대병원 교수님의 전화를 시작으로 하루를 어떻게 보냈는지 모를 긴장된 시간들이었다. 비록 어머니는 기진맥진하시는 모습을 보이셨지만 그래도 퇴원하셨다. 예정대로 이틀을 더 병원에 계셨으면 더 힘들어하셨을 어머니를 생각하니 오늘 모시고 오길 잘했다는 생각이 계속 든다. 하루 종일 내 몸보다는 어머니를 생각하며 어머니를 병원에서 집으로 모시고 오고 나니 긴장이 풀린다. 내가 충주의료원에서 퇴원할 때, 병원에서 준 '퇴원 후, 주의사항'이 생각난다. 사람이 많은 곳은 피하라고 했는데, 오늘 사람이 많은 충북대병원을 다녀온 것이 지금 떠오른다. 오늘은 비상사태였으니 할 수 없지! 긴장이 풀리니 이젠 내 몸이 피곤함을 느끼나 보다. 내가 비록 피곤하고 힘들어도 오늘 어머니를 퇴원하시도록 한 것은 잘한 것 같다. 저녁 식사 후, 나는 긴장이 풀렸는지 정신없이 곯아떨어진다.

한국의 코로나19 신규 확진자는 오늘도 926명이란다. 사망자도 최대인 24명이란다. 제천의 신규 확진자도 3명이 늘어 총 223명이란다. 참 걱정이다. 제천시 확진자 현황 사이트에 확진자를 확인하니 나와 어머니는 '완치'로 나와 있다. 이제 우리 모자는 코로나19에 대한 면역력이 생겨 당분간은 코로나 걸릴 걱정이 없다. 엄청 힘들게 코로나 백신을 맞은 셈이다.

의사 선생님의 퇴원해도 되겠다는 판단이 내려졌다. 그리고 "오후 두 시쯤 큰아드님이 자차로 퇴원시키러 온답니다." 간호사의 말에 정신이 번쩍 들었다. 그런데 간호사는 아직 옷이 오지 않았으니 기다리란다. 점심밥을 먹고 기다리는 시간이 너무 길다. 2시 조금 지나니 간호사실에서 연락이 왔다. 옷이 왔으니 샤워를 하고 옷을 갈아입고, 문 앞에 나와 있으란다. 간호사가 옷을 가지고 와서도 당부가 많다. 목욕용품은 그대로 두고 옷을 갈아입고 경계선을 넘지 않는 부분에서 기다리면 간호사가 올 거라고 한다.

샤워실에 들어가는데 피부가 소나무 껍질 같다. 어떻게 씻었는지 샤워실을 열고 나오는데 걸음을 걸을 수가 없다. 간호사가 카메라로 확인한 건지 달려왔다. 간호사가 "어지러우세요?" 하는데 "어지럽지는 않은데 걸음을 걸을 수가 없네요." 했더니 "곱게 곱게 벽을 짚고 가서 침대에 누우세요." 한다. 얼마나 누워있었는지는 모르지만 아들이 밖에서 기다리고 있다는 생각에 눈을 뜨고 몸을 움직여보니 좀 움직여진다.

죽을 힘을 다해 입고 간 옷과 신발을 모두 폐기용 검정 비닐 자루에 넣었다. 간호사가 도와준다. 그리고 문으로 나오라는데, 눈앞에 그어져 있는 거기까지 와서 서 있으라고 하는데 서 있을 수가 없다. 바닥에 앉으니 간호사가 휠체어를 가지고 와서 나를 부축하여 휠체어에 태운다. 그리고 한참 끌고 가더니 문 하나를 지나고 다른 간호사가 인계받아서 또 밀고, 긴 복도를 지나니 문 밖에 아들의 모습이 보인다. 구세주가 있다면 이보다 더 반가울까? 눈물이 왈칵 난다.

간호사의 도움으로 아들의 차 앞에까지 왔는데 내 힘으로는 승용차에 탈 수가 없어서 아들이 나를 안아서 차에 태운다. 제천의 아들 집까지 왔다. 아들도 3일 전에 퇴원을 하여 몸이 많이 쇠진해 있는 상태인데도 내가 퇴원할 수 있다는 말에 "감사합니다." 하며 물불을 안 가리고 오겠다고 했단다. 제천에서 충북대병원까지 140Km라는데 단숨에 달려 왔단다. 퇴원하는 병원에서 했던 당분간 사람 많은 데 가지 말라는 당부가 그때야 생각이 나더란다. 이틀만 더 견디면 제천보건소에서 오는 차편이 있는데 이틀 밤 나를 덜 병원에서 재우려고 엄마를 데리러 와 주었다. 자식이 참 좋긴 좋구나. 태산 같은 사랑을 느꼈다.

○ 아내의 일기

어머니가 수요일 퇴원하신다고 연락이 와서 소포를 쌌다. 출근시간에 남편이 정류장까지 태워주고 소포를 보낸다고 우체국으로 갔다. 오늘은 버스로 출근했다. 갑자기 어머니가 퇴원하신다고 해서 남편이 청주까지 모시러 가서 6시쯤 집에 도착했다. 퇴근하고 집에 오니 어머니는 지친 모습으로 침대에 누워 계신다. 정말 고생을 많이 하신 것 같다. 어머니가 빨리 회복하셨으면 좋겠다. 이제 남편과 어머니의 회복이 남았다. 어떻게 해드려야 빨리 회복하실 수 있을까?

다시 찾아온
행복과 평화

2020년 12월 22일(화)

어제 어머니가 퇴원하셨지만 기력이 너무 떨어져서 걱정이 많았다. 아침 일찍 어머니께 문안인사 드리니 이제는 눈도 크게 뜨시고, 나를 보시는데 어제보다 시선의 초점에 힘이 들어간다. 이젠 기력이 어제보다 많이 회복되신 듯하다. 어젯밤 잘 주무셨다고 하신다. "여기가 천국이다. 병원에서는 옆에 환자가 밤새 시끄러워 잠을 잘 수가 없었는데 이제 여기 오니 천국이다. 천국!", '천국'이라는 표현을 계속 사용하시는 걸 보니 병원에서의 생활이 대충 짐작된다. 하여튼 "오늘부터는 좀 많이 드시고 빨리 몸의 기력을 회복하셔야 해요." 내가 어머니께 말씀드리니 어머니는 "그러자." 하신다.

아내가 준비한 아침을 어머니 별도, 나 별도 그리고 아내와 아들이 별도로 먹었다. 아침식사를 하러 나오시는 어머니의 발걸음이 어제보다 좀 힘이 있다. 어머니가 빨리 회복하셔서 예전의 모습으로 돌아왔으면 좋겠다. 아직도 모두 실내에서도 마스크를 끼고 조심조심하며 지낸다. 아침 식사를 마치고 아내는 출근하고, 어머니는 어머니 방에서, 나는 내 방에서 다시 잔다. 나도 아직 몸이 정상이 되지 않았나 보다. 자꾸 잠이 오고 눕고 싶다. 어머니는 21일, 나는 17일간 입원해서 코로나19로 큰 고충을 겪어 몸이 만신창이가 되었으니 정상으로 회복되기 위한 시간은 입원했던 시간보다 더 길어질지도 모르겠다. 아니, 어머니는 두 배나 세 배는 길어질 수도 있겠다.

11시 반쯤이 되어 내가 일어나니 어머니는 벌써 일어나셔서 소파에 앉아 계신다. 소파에 혼자 앉아 계시기가 힘들었는데 지금 어머니는 별로 힘들어 보이지 않는다. 기력이 좀 더 회복되신 듯 보인다. 내가 옆에서 이것저것 얘기를 드리니 대답하시는 어머니 목소리에도 힘이 좀 들어가 있다. 하룻밤 사이에 어머니 기력이 많이 회복되신 듯해서 다행이다. 방과 거실을 걸으시는 어머니의 모습이 이제는 비틀거리시질 않는다. 걸음걸이에도 많이 힘이 있어 보여 어제보다는 더 자연스러워 보인다. 아직 평상시와 비교할 수는 없지만 평상시의 모습을 조금씩 찾아가시고 있다.

나도 퇴원한 지 5일이 지났지만 가끔 기침이 나고 쉽게 피곤을 느낀다. 매일 오전 오후에는 조금씩 잔다. 아직도 정상회복이 되지 않은 것 같지만 많이 정상을 찾아가고 있어서 다행이다. 어머니가 퇴원하시고 난 후에는, 내 몸의 상태보다는 온통 어머니의 상태에 신경을 쓰느라 나는 잘 모르겠다. 나도 빨리 기침이 완전히 사라지고 잘 피곤을 느끼지 않는 정상 생활이 되도록 노력하고 있다.

내가 어머니 점심을 차려드리고 어머니와 내가 또 따로 점심을 먹었다. 이젠 어머니는 식사도 잘하신다. 어머니는 "식사도 잘하고 잠도 잘 자니 이젠 살 것 같다. 천국이 따로 없다." 하신다. 어머니는 병원에 있는 동안에 많은 생각을 하셨는지 "모든 생활이 감사하다. 지금 숨 쉬는 것도, 가족들을 만나는 것도, 함께 음식을 먹는 것도, 전화를 할 수 있는 것도… 이젠 모든 것을 감사하며 살아야겠다." 하신다. 내가 병원에서 나의 생활과 자연에 감사함을 느끼게 된 것과 같은 생각을 어머니도 하셨나 보다. 어제 사 온 요구르트를 간식으로 드리니 잘 드신다. 어머니도, 나도 빨리 회복되어 정상 생활이 시작되었으면 좋겠다는 생각이 자꾸 든다.

점심 후에 어제 인터넷으로 확인한 제천시 코로나19 확진자 현황에 어머니와 내가 '완치' 판정을 받은 내용을 보여 드리니 "이젠 정부가 인정한 완치라면 됐다. 지금부터는 더욱더 모든 걸 감사하게 생각하며 살자." 하신다. 어머니도 병원에 계시면서 많은 것을 생각하셨단다. 맑고 신선한 공기를 호흡하는 것도 감사하고, 서로 걱정하는 가족들도 감사하고 정성껏 치료를 해 주신 병원의 의료진, 직원들, 보건소 직원들 등 감사할 게 너무 많다고 하신다. "이제 앞으로 더 감사하며 살아야겠다."라고 하신다. 어머니는 내가 병원에서 느낀 것

제천시 확진자 현황 ∨	제천시 확진자 현황 ∨
※ 접촉경로는 확진일을 기준으로 작성되었습니다.	※ 접촉경로는 확진일을 기준으로 작성되었습니다.
접촉경로 : 제천#48	접촉경로 : 제천#39
조치사항 : 충북대병원	조치사항 : 완치
확진자 : 제천-64	확진자 : 제천-53
확진일 : 11.30.	확진일 : 11.29.
나 이 : 80대	나 이 : 60대
거주지 : 안동시	거주지 : 제천시
접촉경로 : 제천#53	접촉경로 : 제천#38
조치사항 : 완치	조치사항 : 완치

어려운 시기를 어머니와 함께 건너내어 완치된 모습

보다 더 많이 생각하셨나 보다.

　오후에 어머니는 거실을 왔다 갔다 걸으신다. 잠시라도 가만히 있으면 안 되고 운동해야 된다고 하시면서 계속 움직이신다. 이젠 걸음걸이도 많이 좋아지셨다. 어머니가 정상의 모습으로 하나둘씩 가고 있는 느낌이다. 어머니가 좀 기력을 찾으시니 퇴원 사실을 지인들에게 문자나 전화로 알린다. 어머니는 그저 "감사하다."는 말을 계속하신다. 어머니는 계속 빠르게 회복하시는 중이다. 그러나 아직도 어머니는 퇴원 시에 병원에서 주신 약을 2주간 드셔야 한단다. 그리고 2주 후인 2021년 1월 4일 다시 충북대병원에 가서 X-ray 사진을 찍고 교수님의 진찰을 받아야 한다.

아내가 퇴근하고 어머니께 인사드리니 어머니는 "잘 다녀왔냐? 오늘 고생했지." 하시는데 아내는 어머니의 기력을 확인하는 것 같다. 어머니의 목소리에도 이젠 힘이 많이 들어가 있다. 어머니의 걸음걸이도 좋아지셨고, 식사도 잘하시고, 운동도 슬슬 하시고 이제 조금씩 정상을 찾아가시는 듯한 모습에 아내는 좀 안심하는 모습이다. 이곳 제천에서 몸과 마음을 안정시키시며, 앞으로 1~2주일 정도 회복하시면 어느 정도 예전의 어머니의 모습이 될 것 같은 느낌이 든다. 완전히 예전의 모습으로 가시기에는 한 달도 넘게 걸릴 게 확실하지만…. 그래도 퇴원하실 때보다는 훨씬 좋아지신 어머니를 뵈니 참 기분이 좋다.

어머니와 나는 이제는 후유증만 없으면 된다. 인터넷으로 코로나19 후유증을 검색해 보았다. 우리한테는 후유증이 없을 것이라고 믿는다. 만일 후유증이 있으면 또 힘들어지기 때문이다. 오늘도 예전의 모습으로 가기 위해 한 발 한 발 앞으로 힘차게 걷고 있다. 어머니와 오늘도 열심히 기력을 회복하는 데 노력하자고 하면서 함께 사진을 찍었다. "코로나 완치자들!"

오늘도 한국에서의 코로나19 신규 확진자는 869명이고 제천의 신규 확진자는 2명으로 누적 225명이란다. 전국과 제천의 확진자가 좀 줄어드는 양상을 보이고 있어서 좀 다행이다. 아직 좀 더 지켜봐야 하겠지만 한국에서 코로나19가 더 이상 확산되지 않고 국민들의 일상생활이 예전의 모습으로 되돌아가면 좋겠다. 요즘 TV에는 코로나

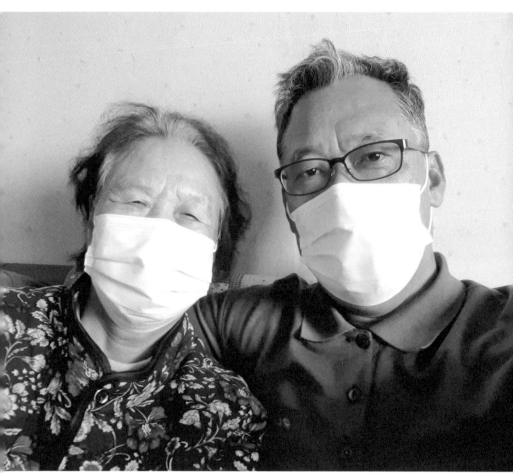

코로나19 완치자들

어머니와의 행복한 일상을 되찾을 수 있어 다행이다

19 백신에 관한 뉴스가 부쩍 많아졌다. 연내에 많은 나라들이 백신 접종을 시작할 거라는 뉴스다. 한국은 내년 2~3분기가 되어야 백신을 접종한다고 한다. 좀 빨리 접종이 이루어져서 국민들이 좀 안심할 수 있기를 기대해 본다. 치료제에 대한 소식은 간간히 들리지만 확정적인 소식은 없어서 좀 아쉽다.

이제 우리 가족들과 코로나19와의 전쟁이 끝이 나고 다시 가족의 평화와 행복이 찾아오는 듯하다. 어머니와 내가 후유증 없이 빨리 회복되어, 예전의 모습으로 완전히 돌아와서 예전보다 더 풍요로운 평화와 행복을 느끼고 싶다. 아니 그렇게 될 거다. 그동안 나와 어머니 그리고 가족들의 코로나19와의 전쟁에서 적극적으로 도와주신 모든 분들께 다시 한번 감사드린다.

○ 아내의 일기

6시에 기상을 하니 어머니는 벌써 일어나 계신다. 배가 고프다고 하신다. 허겁지겁 드실 것을 준비하고, 출근 준비를 서두른다. 이제 우리 집에 환자가 남편과 어머니 두 명이 새로 온 셈이다. 두 분이 이제 정상 상태로 회복만 하면 되는데 내가 어떻게 해야 하는 건지 잘 모르겠다. 정성을 다해 두 분을 보살펴 드리면 되지 않을까? 내가 출근한 후 낮에는 남편이 어머니와 함께 지낸다. 어머니 점심 식사를 준비해 놓고 남편에게 어머니 점심을 챙겨드리라고 부탁했다.

X-ray 재검사 및 회복

어머니와 나는 매일 조금씩 회복되어 가고 있다. 나는 거의 많이 회복이 된 듯하고 어머니는 빠르지는 않지만 서서히 회복이 되고 있다. 그동안 어머니는 퇴원 시 병원에서 받은 2주일간의 약을 복용한 후 일주일 만에 중단하셨다. 약의 부작용이 나타났기 때문이다. 약의 복용으로 배가 불편하고 설사가 났다. 식사를 하시지 못한다. 식사를 못 하시니 또 힘이 없으시다. 약의 부작용으로 다시 어머니는 힘들어하셨고 일주일 만에 약 복용을 중단하셨다. 약을 중단한 후 인근 한의원에 가서 치료를 받고 한약을 타오셨다. 한의원 치료 후 다시 배의 상태가 좋아지고는 있으나 아직도 식사를 잘 못 하신다. 회복되던 어머니의 몸이 약의 부작용으로 다시 힘들어지니 옆에서 간병하는 나의 마음이 많이 아프다. 또다시 회복하려면 더 많은 시간이 필요한 듯하다. 아내는 계속 죽을 끓여서 어머니께 드리고 있다. 죽은 조금씩이라도 드실 수 있으니 다행이다. 어머니가 죽도 잘 드시고 기력을 회복할 수 있는 음식도 잘 드셔서 빨리 회복되셨으면 하는 생각이 간절하다.

어머니는 실내에서 계속 걸으시거나 실내 자전거를 타시는 등, 회복에 많은 노력을 하신다. 물론 힘이 없으셔서 많은 시간 동안 운동을 할 수는 없다. 그러나 하실 수 있는 만큼은 매일 하신다. 어머니의 정상회복을 위한 노력도 대단하다. 나도 매일 인근 공원에서 걷기 운동을 계속하고 있다. 예전의 모습으로 가기 위해 매일 만 보씩을 걷고 있으나 몸은 예전 같지가 않다. 좀 힘이 든다. 걷는 중간에 벤치에 앉아서 쉬는 일도 많다. 가끔 빨리 예전의 모습으로 가기 위해 무리하고 있다는 생각도 들지만 어쩔 수 없다. 아내는 절대 무리하지 말란다.

2021년 1월 4일, 충북대 병원에서 어머니의 X-ray 검사와 진찰이 있었다. 검사를 받기 위해 아침 일찍 제천에서 출발하여 병원에 도착하니 10시다. 건물 입구에서 어머니와 나의 체온 측정이 있었다. 모두 정상이다. 체온 정상 결과를 보면서 이제 어머니와 나는 코로나19로부터 완전히 벗어났다는 생각을 하면서 건물 안으로 들어선다. 방사선과는 본관 건물 2층에 있어서 엘리베이터를 타고 올라갔다. 나는 어머니를 옆에서 부축해야만 했다. 아직 어머니는 혼자 계단을 오르내리거나 조금이라도 긴 거리는 걷지 못하시기 때문이다.

수속을 밟아서 10시 반에 X-ray를 찍고 진료교수님 진찰을 받았다. 교수님은 X-ray 결과는 좋고, 진찰을 하시더니 상태가 모두 좋아지셨단다. 교수님은 어머니께 고령에도 코로나를 잘 이겨내셔서 대단하다고 칭찬하신다. 어머니가 약의 부작용을 얘기하니 그 약은 그런 부작용이 있을 수 있고, 앞으로는 별도로 드리는 약이 없단다. 교수님은 어머니가 고령이시기 때문에 한 달 후에 한 번 더 체크하고 싶은데 오실 수 있느냐고 한다. 어머니는 "이제 모든 게 좋으니 여기까지 오는 데 거리도 멀고 인근 병원으로 갈 수 있으면 가겠다."고 하신다. 교수님은 어머니 같은 경우, 대부분은 앞으로 문제가 없는데, 어머니는 고령이라서 한 번 더 상태를 체크하고 싶었다고 하시면서 "혹시 열이 나거나 어디가 조금이라도 불편하시면 빨리 오세요." 하신다.

진찰을 받고 나오시는 어머니의 눈가에는 웃음이 가득하다. 교수님이 X-ray 결과도 좋고, 진찰 결과 지금의 몸 상태가 정상이라고 하시니, 어머니는 기분이 좋으신 듯하다. 축하의 의미로 나는 어머니와 하이파이브를 했다. 좋아하시는 어머니를 보니 내 기분도 덩달아 좋아진다. 이런 게 이심전심인가 보다.

X-ray 결과와 교수님의 진찰 결과에 어머니는 기분이 좋으셔서 벌써 많이 회복되신 듯하다. 어머니의 회복이 좋아지고 있어서 천만다행이다. 어머니는 "나는 양약보다 한약이 몸에 맞는 것 같다."라고 하시며 한의원을 더 좋아하신다. 퇴원 후, 몇 번 제천의 K한의원에서 불편한 배를 치료 받으시더니 많이 좋아지셨다고 하신다. 이제 어머

니는 빨리 예전의 모습으로 가기 위해 많이 노력을 하시지만 얼마나 시간이 걸릴지는 모르겠다. 한의원의 직원에게 물어보니 코로나19 확진자(나와 어머니)의 방문으로 한의원이 2주간 영업을 중단했다고 한다. 정말 원장님께 미안하다.

○ **아내의 일기(2020년 12월 24일)**

크리스마스 이브다. 직장일과 집안일 그리고 두 환자 돌보는 일이 많아서 그런지 점점 몸이 지쳐온다. 퇴근길에 장을 봐서 집에 오니 두 딸들이 저녁을 준비하고 있다. 할머니와 아빠가 퇴원하셨고, 엄마가 힘들다고 미리 와서 저녁 준비하는 걸 보니 참 기특하다. 맛있게 저녁을 먹고 9시경에 아이들은 모두 둘째 딸의 집이 있는 원주로 갔다. 참 고맙다. 어머니는 "넌 정말 아이들을 잘 키웠다."고 하신다.

○ **아내의 일기(2020년 12월 25일)**

크리스마스다. 집안 분위기는 영 크리스마스가 아니다. 한국에서 코로나19 확진자가 계속 늘어난다. 우리집은 집콕 신세다. 병원에서 막 퇴원한 어머니와 남편 그리고 나와 아들 삼시 세끼로 오늘 하루를 힘들게 보낸다. 퇴원한 두 환자의 간호와 직장생활 등이 나에게 무리가 오는지 매우 힘들다. 그래서인지 머리는 계속 아파오고,

점점 짜증도 나고 신경질적이다. 몸은 점점 힘들어지고 온몸이 아파온다. 내일 평소에 다니던 한의원에 가서 치료를 좀 받으면 좋아질지 모르겠다.

○ 아내의 일기(2020년 12월 26일)

어제 일찍 잠들었지만 아침에 일어나니 여전히 뒷목이 무겁다. 서둘러 바깥 공기를 마실 겸, 치료도 할 겸 한의원으로 갔다. 허리도 교정받고 치료도 한다. 원장님은 혈압은 여전히 높게 나오고 맥이 불규칙적으로 뛴다고 한다. 원장님과 상담을 하니 힘들고 신경 써야 하는 일들이 계속되고 몸에 무리가 오는 것 같단다. 마음의 불안정이 원인이란다. 우선 마음을 내려놓는 것이 좋을 것 같단다. 마음을 내려놓기로 했다. 그렇지 않으면 내가 죽을 것 같다. 어머니는 아들 걱정, 아들은 어머니 걱정에 내가 중간에서 많이 힘든가 보다. 특히 남편이 어머니에 대한 죄책감을 갖지 않도록 하라는 원장님의 얘기에 내가 숙연해진다. 내가 너무 힘들어서 매사에 대한 불만과 마음에 쌓여가는 스트레스 때문에 스스로 많이 신경질적이었나 보다.

내가 마음을 내려놓고 삼자의 입장에서 생각하니 마음이 좀 안정된다. 내가 너무 지금의 힘든 나만 생각했나 보다. 너무 이기적이었다. 너무 힘드니 신경이 날카로워질 수밖에 없었던 것 같다. 하여튼 내가 가족을 위해서 조금 더 희생하는 것, 좀 더 마음을 비워야겠다. 원장님이 얘기하신다. 정말 고령의 어머니와 지병이 있는 남편이 살아 돌아온 것만 해도 다행이라고 한다. 정말 원장님 말에 공감한다. 내가 참 속이 좁았나 보다. 한결 마음이 편해진다. 무사히 퇴원한 어머니와 남편이 몇 달이 걸릴지 모르는 트라우마에서 빨리 건강한 모습으로 생활했으면 하는 바람뿐이다.

○ **아내의 일기(2020년 12월 27일)**

3일간의 휴일이 지나가고 있다. 내일부터는 다시 출근이다. 지금까지 힘든 시간이었지만 이번 주부터 새로운 마음으로 다시 좀 더 활기차게 지내고 싶다. 어머니와 남편은 마음은 거의 정상으로 돌아왔다고 하고 있으나 옆에서 내가 보기에는 체력적으로 정상의 반도 가지 않은 것 같다. 두 분이 완전한 회복을 할 수 있도록 정신적으로 육체적으로 안정을 취할 수 있도록 내가 힘들어도 많이 도와드려야 할 것 같다. 어떻게 도와드려야 정확한 건지 잘 모르지만 그냥 정성을 다해 두 분이 예전의 모습으로 돌아올 수 있도록 환경을 만들어 드리는 것이 내가 할 일이 아닐까?

5

코로나19
후유증

코로나19
후유증

어머니는 병원에서 퇴원하신 지 3주일 만에 다시 안동으로 가셨다. 퇴원 후, 제천에서 요양을 하시면서 3주간 한의원에서 회복 치료를 받으셔서 많이 좋아지신 탓이다. 한의원 원장님도 이제는 어머니가 임상적으로 많이 좋아지셨으니 예전의 모습으로 돌아가기 위해 자주 가시던 마실도 다니시고, 친구들과도 만나시고 하시는 등, 환경도 옛날로 돌아가는 것이 정신적으로 많이 안정을 줄 수 있다고 조언을 했다. 옛날의 익숙했던 환경들이 정신적인 치료를 하는 데 많은 도움을 준다고 한다. 이제 어머니가 고향으로 가신 지 2주가 지났다. 그동안 어머니는 고향에서 친구들과 전화도 하시는 등 예전의 모습으로 빠르게 회복되고 있다. 다행이다. 우리 내외가 매 주말마다 어머니를 찾아뵙고 도와드리고 있다.

어머니와 내가 퇴원한 지 이제 한 달이 넘었다. 모두 그동안 많이 회복되었고 일상생활을 하고 있다. 그러나 코로나19 후유증을 조금씩 느끼고 있다. 후유증을 느끼기 전에는 몸의 기력을 회복하는 것이 급선무라서 후유증은 생각하지도 못한 것 같다. 이제는 일상생활로 돌아오면서 입원하기 전에 느끼지 못했던 것을 조금씩 느끼고 있다. 이런게 코로나19 후유증이라는 걸까? 어머니와 내가 느끼는 증상들을 나열해 본다.

1) 외부의 시선

지인들의 나를 보는 시선이 좀 달라졌다. 특히 아파트 등에서는 평소에 만나던 사람들도 나를 재차 확인하는 일도 있다. 대부분은 그렇지 않지만 가끔 그런 사람들을 만날까 두려워 사람들과의 대면을 가능하면 피하는 경향이 생겼다. 코로나19의 확산으로 국민 모두가 코로나19에 대한 두려움이 있어서 코로나19에 확진되었던 나를 만나는 게 부담스러운 마음들이 큰 것 같다. 나의 코로나19 확진 사실을 주위 사람들은 거의 알고 있어서 외출을 하기가 조심스럽다. 나는 타 지역으로 외출을 하는 것이 좋지만 요즘은 모두가 거리두기, 불필요한 여행자제 등으로 이동을 잘 하지 않는다. 사람들과 만나는 것이 두려워 집에만 있으니 짜증도 나고 가끔 우울하기도 한다.

2) 집중력 감소

집중력이 감소되어 일의 능력이 떨어진다. 컴퓨터 타이핑할 때 오타가 많이 나오고, 집중 시에도 자꾸 산만해짐을 느낀다. 노력을 해도 집중하는 시간이 짧아져서 하나의 일을 하는 데 더 많은 시간이 걸린다. 특정한 단어와 사람들의 이름을 생각해 내는 데 힘들고 시간도 많이 걸린다.

3) 쉽게 피곤함

같은 일을 해도 입원 전보다 피곤함을 많이 느낀다. 특히 오후에는 한 시간 정도 자는 일이 많이 발생하고, 오후 늦게는 하루의 피곤함을 느껴 소파 위나 침대에 눕는 일이 많아졌다. 평소의 수면 패턴과 달라져서 아침에 일어나면 상쾌하다는 느낌이 적고 어떨 때는 피곤하다. 피곤하면 나타나는 입 주위와 입안의 구혈이 자주 난다.

4) 피부 감각기능 저하

발바닥에 종이가 하나 붙은 것 같은 느낌이 든다. 아직 완전한 내 발이라고 하는 느낌이 약하다. 세수를 해보면 알 수 있는데, 아직 얼굴 피부의 감각도 많이 떨어져서 내 완전한 피부라는 느낌이 적다.

5) 후각 기능 저하

냄새를 잘 맡지 못한다. 냄새를 맡기 위해 코를 가까이 대는 일이 많아졌지만 잘 느끼지 못한다. 고소한 냄새를 맡고 싶다. 다가오는 봄에 향기로운 꽃 냄새는 맡을 수 있을까 걱정도 되고, 시간이 지나면 회복되겠지 하는 희망도 생긴다.

6) 전체적인 감각능력 저하

입원 전에 청력이 좀 약했으나 입원 후에 좀 더 심해짐을 느꼈다. 청각기능이 떨어져서 목소리도 커지고 상대방의 소리를 들을 때는 좀 더 가까이 가거나, 두 손을 귀에 쫑긋하게 해야 좀 들을 수 있다. 시력도 떨어진 느낌이다. TV 시청 시에도 평소에 잘 보이던 글씨가 좀 흐릿해져 보여 가까이 가서 보는 일이 잦아졌다. 거의 외출을 하지 않아서 컴퓨터를 사용하는 일이 많아졌는데 이러한 상황들이 나의 시력 감퇴의 원인인지도 모르겠다. 전반적으로 감각기능이 입원 전보다 많이 떨어진 듯하다.

7) 피부 건조증

피부가 많이 건조하다. 특히 손, 발 그리고 다리에 건조증상이 있다. 특히 손은 자주 비누로 씻으니까 항상 건조하여 습기가 부족하고 맨질맨질하다. 다리는 닭살의 현상이 많이 나타난다.

퇴원한 지 한 달이 지난 지금 나타나는 후유증을 기록하였다. 시간이 지나면서 점점 증상이 사라질 것으로 생각되지만 아직도 일상생활에 불편한 점이 많다. 그러나 병원에서의 코로나19의 증상에 비하면 대단하진 않다. 후유증을 느끼지 않고 자연스럽게 일상생활을 할 수 있을 때까지는 시간이 좀 더 걸릴 것 같다.

코로나19 확진자가 되면 엄청나게 괴롭고 공포감을 느끼게 된다. 순식간에 나도 다른 사람과 만남을 꺼려하게 되었다. 입원한 후 코로나19 증세가 나타나자 엄청난 고열이 나고 투병의 힘든 시간이 계속되었다. 병원에서 힘든 시간을 보내고 난 후, 퇴원 후에는 지인들의 시선들이 겁나게 되었다. 지인들이 나를 보는 눈이 "너 확진자였지?"라고 하는 것 같다. 어떤 사람들은 한 번 더 이름이나 나를 확인하는 분들도 있다. 그러나 많은 분들이 평소의 나처럼 대해 주어서 감사하다.

일부러 나는 "코로나19 완치자입니다."라고 얘기할 필요가 없지만 마음은 위축되어 있다. 전국에 많은 지인들이 내가 코로나19 확진자였다는 사실을 모르고 있다. 만일 그들도 내가 확진자였다는 사실을 안다면 어떤 반응을 보일까? 하는 걱정이 든다. 책을 출판한다는 것이 공개적으로 나는 "확진자였습니다."라는 것을 밝히는 것인 만큼 스스로 마음의 큰 부담이다.

그러나 코로나19의 위험성을 공개적으로 알리고, 이 책으로 인하여 더욱 더 코로나19를 조심할 수 있는 계기가 될 수 있다면 바람직한 일이 되지 않을까 하는 생각이 들어 글을 쓰게 되었다. 독자들 중 단 한 명이라도 책을 통하여 코로나19에 경계심을 더하고 건강을 유지할 수 있다면 좋은 일이기 때문이다. 불행히 코로나19에 감염되었다고 하더라도 1.8%의 치사율이니 대부분은 치료가 되어 퇴원할 수 있다는 희망도 주고 싶다.

2021년 1월 말 현재 전 세계적으로 코로나19는 변이종이 발견되는 등 1년이 넘도록 기승을 부리고 있다. 세계적으로 1억 명이 넘는 확진자가 나타나고 한국에서도 확진자가 78,000명을 넘어 80,000명을 향해 달려가고 있다. 정말 무섭다.

이 책을 보시는 모든 독자 분들께서는 항상 마스크를 쓰고, 사람이 많은 곳은 가지 말고, 5인 이상 개인적인 만남을 당분간 하지 않았으면 좋겠다. 정부에서 제시하는 코로나19 방역 기준을 개인은 스스로 한 단계 높여서 방역하는 생활을 했으면 좋겠다. 가끔 마스크 착용을 거부하며 시민들끼리 다투는 장면이 이제는 정말 없었으면 좋겠다. 코로나19가 없어지는 그날까지.

어머니와 내가 빨리 회복되기를 간절히 기도하며 코로나19 투병 수기를 마무리한다. 마지막으로 저와 어머니의 치료와 귀가 등 모든 부분에서 적극적으로 도움을 주신 모든 분들께 진심으로 감사드린다.

의료진과 직원 분들,

보건소 직원 분들,

그리고 관련된 공무원 및 모든 분들께 다시 한번 깊이 감사드립니다.

코로나19라는 큰 고난 속에서
더욱 굳건해진 가족 간의 사랑이 긍정과
행복에너지의 마중물이 되기를 희망합니다!

권선복

(도서출판 행복에너지 대표이사)

　언제부턴가 자연스럽게 일상을 잠식한 코로나19의 공포. 최초 확진자 발견에서 벌써 1년이 넘는 시간이 흘렀으나 코로나19 이전의 일상을 되찾는 일은 쉽지 않습니다. 누적 확진자가 11만 2천여 명이 넘는 상황 속에서 '코로나19 확진'이라는 경험은 많은 이들에게 공포의 대상이 되고 있지만 동시에 누구나 겪을 수 있는 경험이 되었습니다.

　이 책 『우리 가족과 코로나19』는 사물인터넷과 4차 산업혁명에 대해 여러 대학과 중소기업에서 강의 및 기술지원을 해온 바 있는 저자 이승직 교수님이 코로나19의 유행이 최고조에 달해 있던 지난

2020년 11월 말, 갑작스럽게 코로나19 확진 판정을 받게 되면서부터의 일을 꼼꼼하게 기록한 한 달여간의 투병 및 완치 수기입니다.

이승직 저자님은 이 책을 통해 자신과 어머니의 코로나19 확진이 현실로 다가왔을 때의 좌절감, 어머니와 서로 다른 병동에 입원하여 각자 고강도의 코로나19 증상을 겪으면서도 서로를 보듬는 끈끈한 유대, 생활에 많은 불편을 겪어야 했던 가족들에 대한 죄책감과 미안한 감정을 솔직하게 고백하고 있는 한편, 퇴원 후에도 극복해야 했던 현실적 어려움과 후유증, 코로나19 완치자에 대한 사회의 시선 등에 대해서도 담담한 목소리로 이야기하고 있습니다.

마치 악몽과도 같았던 약 20일간의 투병 속에서도 완치에 대한 희망을 품고 견뎌낼 수 있도록 자신을 도운 것은 무엇보다 가족 간의 끈끈한 유대와 사랑이었다는 것이 이승직 저자님이 말하는 이 책의 결론이라고 하겠습니다. 또한 대한민국의 뛰어난 코로나19 대응 체계와 치료 시설, 연일 확진자가 쏟아지는 극한의 상황 속에서도 사명의식을 잃지 않는 의료진들에 대한 크나큰 고마움 역시 가감 없이 드러나고 있습니다.

튼튼한 철을 만들려면 뜨거운 불 속에서 망치로 담금질해야 하듯이, 사랑과 믿음 역시 어려움을 극복해 나가면서 더욱 강해진다고 합니다. 코로나19라는 큰 어려움 속에서 더욱 굳건해진 가족 간의 사랑과 수많은 어려움을 극복해 나갈 수 있는 행복에너지가 팡팡팡 샘솟기를 기원드립니다.

맨땅에서 시작하는 너에게

이영훈 지음 | 값 15,000원

젊은 사회적 기업가 이영훈의 자전적 에세이인 이 책은 맨땅에서 인생을 시작하는 청춘들에게 미래에 대한 희망과 충만감을 심어 주는 받침대가 되어 줄 것이다. 어린 시절 아버지가 돌아가시고 어머니는 떠나버려 동생과 함께 고아원에서 자란 과거는 언뜻 아픈 상처처럼 느껴질 수도 있다. 하지만 그럼에도 불구하고 이영훈 저자는 자신의 인생을 통해 따뜻한 마음과 활발한 개척정신을 이야기하며 우리를 도닥여 준다.

산에 가는 사람 모두 등산의 즐거움을 알까

이명우 지음 | 값 20,000원

등산 안내서라기보다는 등산을 주제로 한 인문학 에세이라고 부를 수 있는 책이다. 등산의 정의와 역사를 소개하고, 등산이 가지고 있는 매력을 소개하는 한편 등산 중 만날 수 있는 유익한 산나물과 산열매, 야생 버섯과 꽃 등에 대한 지식도 담아 인문학적 요소, 문학적 요소, 실용적 요소를 모두 갖춘 등산 종합서적이라고 할 만하다.

꽃으로 말할래요

임영희 지음 | 값 15,000원

임영희 시인의 제4시집 『꽃으로 말할래요』는 '꽃'으로 상징되는 자연의 다양성과 그 생명력, 거기에서 느낄 수 있는 근원적 아름다움에 대한 갈망을 느낄 수 있는 작품이다. 오로지 '꽃'이라는 소재를 사용한 160여 개의 작품으로 이루어져 대한민국에서 유일한 '꽃' 시집임을 자부하는 임영희 시인의 『꽃으로 말할래요』는 우리가 오랫동안 잊고 있었던 미(美)에 대한 순수한 두근거림을 전달해줄 것이다.

'행복에너지'의 해피 대한민국 프로젝트!
〈모교 책 보내기 운동〉

대한민국의 뿌리, 대한민국의 미래 **청소년·청년**들에게 **책**을 보내주세요.

많은 학교의 도서관이 가난해지고 있습니다. 그만큼 많은 학생들의 마음 또한 가난해지고 있습니다. 학교 도서관에는 색이 바래고 찢어진 책들이 나뒹굽니다. 더럽고 먼지만 앉은 책을 과연 누가 읽고 싶어 할까요? 게임과 스마트폰에 중독된 초·중고생들. 입시의 문턱 앞에서 문제집에만 매달리는 고등학생들. 험난한 취업 준비에 책 읽을 시간조차 없는 대학생들. 아무런 꿈도 없이 정해진 길을 따라서만 가는 젊은이들이 과연 대한민국을 이끌 수 있을까요?

한 권의 책은 한 사람의 인생을 바꾸는 힘을 가지고 있습니다. 한 사람의 인생이 바뀌면 한 나라의 국운이 바뀝니다. **저희 행복에너지에서는 베스트셀러와 각종 기관에서 우수도서로 선정된 도서를 중심으로 〈모교 책 보내기 운동〉을 펼치고 있습니다.** 대한민국의 미래, 젊은이들에게 좋은 책을 보내주십시오. 독자 여러분의 자랑스러운 모교에 보내진 한 권의 책은 더 크게 성장할 대한민국의 발판이 될 것입니다.

도서출판 행복에너지를 성원해주시는 독자 여러분의 많은 관심과 참여 부탁드리겠습니다.

도서출판 **행복에너지** 임직원 일동